光文社文庫

夫婦《めおと》からくり

六尺文治捕物控

中島　要

光　文　社

解説

末國善己《すえくによしみ》

夫婦《めおと》からくり　六尺文治捕物控

【からくり】

①あやつること。②しかけ。機械。③工夫をこらして仕組んだこと。計略。

一

「今日という今日は、はっきりさせてもらおうじゃないか。文《ぶん》さんはいつになったら、お加《か》代《よ》と祝言《しゅうげん》を挙げる気なのさ」

仁王立ちのお仙《せん》にすごまれ、文治《ぶんじ》は気まずく目をそらした。

身の丈六尺の大男で、おまけに十手《じって》を預かる身が情けないにもほどがある。だが、堀江《ほりえ》町《ちょう》の一膳飯屋「たつみ」の女将《おかみ》であるお仙は、文治にとって母親代わりだ。どれほど身体《からだ》が大きくなろうと、立場はむこうのほうが強い。

返す言葉に困っていたら、お仙はますます不機嫌になる。

「それとも何かい。今になって二十歳《はたち》の年増は嫌だとでも」

「滅相もない。おいらはそんなつもりじゃ」

「ふん、二十八にもなって『おいら』も『おから』もないもんだ。今じゃうちの人に代わって、堀江町の親分と呼ばれているんだろう。いつまで半人前面《づら》をしている気さ」

鼻を鳴らして決めつけられて、こちらはぐうの音も出ない。思わず縮めた大きな身体にお仙のまなざしが痛かった。

江戸で名代《なだい》の十手持ち、「千手《せんて》の辰三《たつぞう》」と謳われたお仙の亭主が姿を消したのは、四年前の暮れのことだ。その後、南の定廻《じょうまわ》り同心、塚越慎一郎《つかごししんいちろう》が「辰三に『名なしの幻造《げんぞう》』一味を探らせていた」と言い出したため、世間は「悪党に捕まって命を落としたに違いない」と噂し合った。

しかし、子分の文治と、辰三のひとり娘のお加代だけは信じなかった。上方《かみがた》から来た凶賊がどれほど悪知恵に長《た》けていようと、「悪党の千手先を読む」ともてはやされた辰三だ。たやすく殺《や》られる訳がない。

親分は絶対に生きている。

二人がそう信じて行方を追い続けた末、お加代が塚越に殺されかけた。辰三が姿を消したのは「名なしの幻造」を追っていたからではなく、手札《てふだ》を頂く旦那から逃げるためだとお加代に気付かれたからだった。

ところが、首を絞められてお加代が気を失っている間に、当の塚越が何者かに殺された。文治が血相を変えて駆け付けたとき、お加代と塚越は並んで地べたに倒れており、同心の背中からは大量の血が流れ出ていた。

娘を両手で抱き起こし、生きているとわかったときはどれほど安堵したことか。お加代の身に何かあったら、親分はもちろんお仙にも合わせる顔がない。二度とこんな目に遭わせるものかと文治は固く心に誓った。

その後、塚越の行った悪事の証《あかし》——大店《おおだな》から強請《ゆす》り取った金の控えを塚越の手文庫から見つけたものの、吟味方与力の久保寺隆三《くぼでらりゅうぞう》がすぐさま握り潰してしまった。

長年、定廻りを務めた同心が数多《あまた》の大店を強請っていた——そんな不始末が表沙汰になれば、公儀の威信に傷がつく。強請られた商家も「金は塚越様に頼まれて用立てたものです」と口を揃えたため、すべてはなかったことにされた。

塚越殺しの下手人は「定廻り同心が不覚を取るとは怪《け》しからん」という建前により調べることを禁じられ、文治とお加代は「塚越に殺されかけたことは決して他言するな」と念を押された。

無論、事情を知らない江戸っ子たちは妙な成り行きに首をかしげた。

定廻り同心が殺《あや》められたら、公儀の面目にかけて下手人を捕えるのが筋だろう。それがなされないのは、「塚越様がお偉方の悪事を暴《あば》こうとしたからに違いねぇ」と小声で噂されていた。塚越慎一郎はそんな噂が立つくらい評判のいい同心だった。

それから丸二年が過ぎて、三年目の春。「日本橋《にほんばし》小町」ともてはやされた「たつみ」の看板娘、お加代もとうとう二十歳になった。

娘盛りは十六、七、十九を過ぎれば値が下がり、二十歳で「年増」と呼ばれてしまう。繰り返し「お加代と一緒になれ」と言い続けてきたお仙にすれば、しびれを切らすのも無理はない。

「文さんだってお加代が今日、どこに行ったか知ってんだろう。よくもそう呑気《のんき》に構えていられるね」

はっきりしないこっちの様子に相手の声がいっそう尖《とが》る。

今日は三月三日、言わずと知れた雛祭りだ。お加代は町内の青物商、八百惣《やおそう》の孫娘の初節句を祝うために昼前から出かけていた。

聞けば、先方から「お加代さんのような器量よしに育って欲しい」と招かれたとか。「たつみ」は二年前から毎月三日を休みにしており、お加代は「あたしなんか」と言いながらも二つ返事で承知した。

今頃、元小町娘は八百惣の座敷で舌鼓《したつづみ》を打っているのだろう。それに引き替え、こっちはお仙に責められている。

その差を恨めしく思っていたら、お仙の声が大きくなった。

「八百惣のお嬢さんはうちのお加代と同い年だよ。それでも、あんたは何も感じないっていうのかい」

「急にそんなことを言われたって」

「どこが急だい。何年も前から言い続けていることじゃないか。身代《しんだい》じゃ八百惣に遠く及ばなくたって、うちのお加代もれっきとした『たつみ』の跡取り娘だよ。あんまり安く見ないでおくれ」

すっかり機嫌を損ねてしまい、文治は焦って言い訳する。

「お、おれは、お加代坊……いや、お加代ちゃんと一緒になりたくねぇ訳じゃねぇんです。けど、御用で何かと忙しくて」

去年は春先の大火に始まり、夏の大雨、秋から冬にかけては流行病《はやりやまい》と、江戸は災難に見舞われ続けた。住まいや身寄りを失えば、悪事に走る者が出る。勢い文治は休む間もなく飛び回っていたのである。

しかし、お仙はまだるっこしいと言いたげに畳を叩く。

「だから今まで待ってやったし、今すぐはっきりしておくれと言ってんのさ」

猛威を振るった流行病も正月明けには下火になり、先月からは野辺送りもめったに見なくなっていた。ここ最近は大きな火事にも見舞われず、押し込みや辻斬りといった物騒な事件も起こっていない。

「岡っ引きは先の読めない商売だ。世間が落ち着いているときにさっさと祝言を挙げないと、いつになるかわかりゃしない。今やらないでいつやるのさ」

見事に逃げ道をふさがれて、文治はついに本音を漏らした。

「姐《あね》さんはそのつもりでも、当の本人はどうなんです。本当においらでいいんですかい」

多少薹《とう》が立ったとはいえ、お加代が目を引く器量よしであることに変わりはない。本人さえその気になれば、相手はいくらでもいるだろう。

辰三が姿を消してから、お仙に再三「お加代と一緒になれ」と言われてきた。けれど、お加代から「好きだ」と言われたことはない。

「おいら……おれは十二で親分に拾われてからここで厄介になってやす。お加代……ちゃんにしてみりゃ、できの悪い兄貴みてぇなもんでしょう。日頃の様子を見るにつけ、惚れられているたぁ思えねぇ」

我ながら情けないけれど、見栄を張っても仕方がない。お加代は父が大好きで、子分の文治を「役立たず」といつも罵《ののし》っていたのだから。

いくら捕物の冴えがあっても、娘は御用に関われない。お加代はそれを悔しがり、辰三がいなくなってからは文治のやること為すことに片っ端から口を出した。

——うちのおとっつぁんは、江戸一番の十手持ちなんだから。

幼い頃から、お加代は一途に言い続けてきた。

そのため、塚越の悪事がわかったときは「おとっつぁんは旦那の悪事を知って、命を狙われて姿を消した」と決めつけた。

しかし、文治とお仙の考えは違う。塚越が金を強請った先は、辰三の縄張りである日本橋界隈の大店ばかりだ。江戸一番の目明しが長年気付かないはずがない。すべてを承知で見逃していた、いや、手を貸していたと見るべきだろう。

親分が姿を消したのは、旦那に命を狙われたからじゃねぇ。娘に己の悪事がばれて、蔑《さげす》まれるのを恐れたからだ。

文治はそう思ったけれど、何も言わずに姿を消した親分の気持ちを思ったら、口にする気になれなかった。

お加代も時が経つにつれ、「おとっつぁんは帰ってくる」と文治の前で言わなくなった。すでにどこかで命を落とし、帰るに帰れないのでは……と怪しみ出したのかもしれない。

もし弱気が高じて一緒になる気になったなら、こっちとしても不本意だ。

「気の迷いでくっついたって、駄目になるに決まっていやす。どのみち一緒に暮らしているんだ。今のまんまでいいでしょう」

辰三に拾われてから十六年、この「たつみ」で暮らしてきた。お加代と一緒になって別れるようなことになれば、自分は帰る場所を失ってしまう。文治はそれが恐ろしかった。

「たとえ夫婦にならなくても、生きている限り、姐さんとお加代ちゃんを守る覚悟はできてやすから」

すると、お仙はため息とともに額を押さえた。

「つまり、文さんは『あんたに首ったけだからあたしと一緒になって』って、お加代の口から言わせたいのかい」

まさかの言葉に文治は焦って首を振る。天地がひっくり返ろうと、お加代がそんなことを言うものか。

「あんたの言い分を煎じ詰めれば、そういうことになるじゃないか。気持ちはわからなくもないけれど、女にそこまで言わせるのは男としてどうかねぇ」

意味ありげに語尾を伸ばされ、文治が赤くなったとき、

「ふざけんじゃないわよっ」

お加代の叫びとともに戸が開き、顔に何かを投げつけられた。

「どうしてあたしがそんなことっ。文さんに言い寄るくらいなら、浅草寺《せんそうじ》の仁王様を口説いたほうがまだましだわ」

「おれが言ったのはそういう意味じゃねぇ」

「お加代、食べ物を投げたらもったいないよ」

三人三様の大声が狭い店内に響き渡る。

次の瞬間、文治は顔に当たったのが雛あられだったことを知る。お加代は真っ赤な顔をしてこっちを睨《にら》みつけている。お仙はやれやれと首を振り、文治に用を言いつけた。

「間の抜けた顔でじっとしていないで、気の利いた菓子でも買っておいで。その間に、あた

しがなだめておくから」

心の中で礼を言い、文治は店を飛び出した。

雛祭りの菓子といえば、菱餅に雛あられだろう。しかし、雛あられは投げつけられたところだし、ただの菱餅では芸がない。

お加代の機嫌を取るためには、目先を変えたほうがよさそうだ。文治はあれこれ考えた末、日本橋通町《とおりちょう》の菓子司《かしどころ》、淡路堂《あわじどう》へ足を向けた。

時刻は昼八ツ（午後二時）を過ぎたところで、桃の節句にふさわしい霞《かすみ》がかった青空が頭の上に広がっている。周りを見れば、いつもよりも女の子の姿が目についた。

高価な雛人形などない家でも、ささやかな祝いをするのだろう。晴れ着を着せてもらったらしく、あちらこちらで女の子が袖をつまんではしゃいでいる。

袖がひらひら動く様がまるで蝶々みてぇだな。

柄にもないことを考えて、文治の顔も自ずとほころぶ。そういえば、辰三親分も雛祭りのたびにお加代に晴れ着を着せていた。

悪事を働く連中は節句や祝い事など気にしない。むしろ世間が浮き立つ日に事を起こす輩《やから》もいる。

ひとたび事件が起こったら、辰三は文治を連れて家を飛び出さねばならない。花見や祭り見物、近所の祝い事……約束が反故《ほご》にされるたび、お加代は泣いて怒ったものだ。

辰三は下手人を捕えてから、小さな娘に頭を下げた。

——今度こそ一緒に行くって言ったくせに。おとっつぁんの嘘つきっ。

——そうだ、おとっつぁんが悪い。お加代、本当にすまなかったな。

親分のこんな姿を悪党が見たら、きっと腰を抜かしただろう。仲のいい親子のやり取りを文治は黙って見つめていた。

八つも年下の少女を心底妬《ねた》ましく思いながら。

父親が仕事に出かけるのは当たり前のことじゃないか。親分が甘いのをいいことに、どこまでも調子に乗りやがって。この世の中には、親に甘えたくても甘えられない子供が大勢いるんだぞ。

おいらなんか……おいらだって……。

忘れていた昔の思いまでよみがえり、文治は苦笑してしまう。それこそお仙に知られたら、「半人前どころか、餓鬼じゃないか」と小言を言われてしまいそうだ。

うららかな日差しを浴びながら文治が荒布橋《あらめばし》を越えたところで、生臭いにおいが鼻をついた。

日本橋の魚河岸は「日に千両が落ちる」と言われる場所だ。ただし朝が早いため、この時刻に残っているのは魚のにおいばかりである。そんな通りを仔猫が一匹、おぼつかない足取りで歩いていた。

親猫とはぐれてしまったのか、それとも人に捨てられたのか。先を急ぐ人々はか細い鳴き声に目を向けても、足を止めずに通りすぎる。見るからに憐れで非力な姿がかつての自分と重なった。

あれは父の折檻《せっかん》に耐えかねて、家を飛び出した翌日だった。腹を空かして歩いていたら、親に団子をねだっているわがままな餓鬼が目についた。

――おっとう、お願いだから買っておくれよ。

――駄目だ。さっき飯を食ったばかりじゃねぇか。

――でも、団子が食いたいよぉ。

甘ったれた口ぶりが文治に空《す》きっ腹を立てさせた。

おめぇは親に三度の飯を食わせてもらっているんだろう。こっちは昨日から何も食っちゃいねぇんだぞ。そんな思いに突き動かされ、小さな頭を引《ひ》っ叩《ぱた》いた。

餓鬼はたちまち泣き出すし、餓鬼の父親には怒鳴られる。そこへ見廻りをしていた辰三がたまたま通りかかったのである。

――坊主、腹は減ってねぇか。

十手を持つ相手の前で小さくなっていた文治は、ぶっきらぼうに尋ねられて心底びっくりしたものだ。

もしも親分がいなければ、自分は縄をかけるのではなく、かけられる側に回っていた。さもなくば、とっくの昔にのたれ死んでいただろう。

そのとき、背後から声がした。

「ひょっとして、文ちゃんじゃないのかい。噂には聞いていたけど、本当に大きくなったんだねぇ」

どこの誰だか知らないが、十手を預かるこのおれを「文ちゃん」だと——聞こえぬふりで歩き出せば、後ろから袖を引っ張られる。

「その年でもう耳が遠くなったのかい」

「何だとっ」

人を馬鹿にしやがってと、勢いよく手を振り払う。肩を怒らせて振り向けば、面変《おもが》わりしていてもなつかしい顔が立っていた。

「そういうおめぇは……お春《はる》さん、か」

「そうだよ。蛤町《はまぐりちょう》の重兵衛店《じゅうべえだな》にいた春だよ。痩せっぽちの文ちゃんがこんなに大きくなるなんて。辰三親分はよっぽどいいもんを食べさせてくれたんだね」

感心しきりの相手の口調に文治は苦笑するしかない。それから、相手の身なりを見て不審を覚えた。まるで、その日暮らしのような粗末な着物を着ているからだ。

「お春さんは小作を大勢抱えている大百姓に嫁いだんじゃなかったのか。その恰好はどうしたんだ」

「それがさ、去年の春に離縁されて深川《ふかがわ》に戻って来たんだよ」

文治のぶしつけな問いにお春はあっさり答える。聞けば、一粒種の跡取りが五年前に亡くなって、夫婦仲は冷え切っていたのだとか。

「その上、亭主とよその女の間に男の子が生まれてね。跡継ぎの母親が妾《めかけ》のままじゃ、外聞が悪いからって」

「そうだったのか」

不幸な女の身の上話にとまどいながらも相槌《あいづち》を打つ。そんなことになっているとは夢にも思っていなかった。

十七年前、富岡八幡《とみおかはちまん》前の茶店で働いていたお春は、お参りに来た押上村《おしあげむら》の大百姓の倅《せがれ》に見初《みそ》められた。

お春の父の彦六《ひころく》はしがない屋台の蕎麦《そば》売りである。相手が広い田畑を持つ大百姓なら立派な玉の輿だった。同じ長屋の住人は我が事のように喜んだけれど、子供だった文治だけは喜ぶことができなかった。

その前の年、十歳の文治を置いて実の母が家を出た。以来、酒びたりになった父はしばしば我が子に手を上げる。そんな子供を不憫《ふびん》に思い、何かと面倒を見てくれたのが隣に住むお春だった。

殴られた頬を絞った手ぬぐいで冷やしてくれて、「売れ残りでごめんね」と言いながら彦六の蕎麦を食わせてくれて……母がいなくなってからは、お春が文治の支えだった。

――ねえちゃんまで、おいらを見捨てるのか。

恨みが喉まで込み上げたが、危《あや》ういところで呑み込んだ。

さんざん世話になった人が幸せを摑もうとしているのだ。こっちの都合で引き留めては男が廃《すた》る。

おいらはおっとうみてぇに女々《めめ》しい真似はしねぇ。

子供心に見栄を張り「元気でね」と呟《つぶや》けば、お春の目から涙がこぼれた。

「何不自由なく暮らしていると思い込んでいたのによ。深川に戻ってきたのなら、もっと早く声をかけてくれりゃあ」

「このたびは子を亡くして出戻って参りましたってかい。そんなみっともない真似、できるはずないじゃないか」

お春は笑って手を振ると、目尻を下げて文治を見上げた。

「それに引き替え、文ちゃんはすっかり立派になっちまって。昔馴染みとして鼻が高いよ」

「別に、たいしたこたぁねぇって」

なつかしい人にほめられて、文治は面《おも》はゆくなってしまう。照れ隠しに顎をかけば、相手はますます目を細めた。

「あたしが嫁に行くとき、文ちゃんのことだけが気がかりだったから。おとっつぁんから

『堀江町の親分に引き取られた』って聞いたときは、どれほどほっとしたかわかりゃしないよ」

「お春さん」

「それにしても、よくもまぁここまで育ったもんだ。あんたのおとっつぁんも大男だったけど、やっぱり血は争えないね」

悪気がないのはわかっていても顔が自ずと強張《こわば》ってしまう。慌てて頬をこすったら、お春がさらに追い打ちをかける。

「文ちゃんのことだから、さぞかし女房を大事にしているんだろう。あんたはやさしい子だったから」

「いや、おれは」

「女は亭主次第で幸不幸が決まるからね。文ちゃんのおかみさんは幸せもんだよ。ところで、子供はいるのかい。男の子はまだしも女の子が文ちゃんみたいに大きくなったら、嫁のもらい手がなくなるよ」

矢継ぎ早に決めつけられて、文治は返す言葉に困る。二十八なら女房がいて当たり前かもしれないが、そういうことは往来で口にしないで欲しかった。

「近いうちに長屋を訪ねるから、詳しい話はそのときにでも。彦六とっつぁんによろしくな」

逃げるように別れてから、文治は再び地べたを見る。さっきの仔猫はどうしたと四方を見渡してみたけれど、すでに姿は消えていた。

「これは親分さん、いらっしゃいまし。今日はどういった御用でしょう」

淡路堂の暖簾《のれん》をくぐれば、番頭がすぐさま飛んでくる。

大名御用達の菓子司はしがない十手持ちが私事《わたくしごと》で来るような店ではない。文治は居心地の悪さを感じながら、ためらいがちに口を開いた。

「その、若い娘が喜びそうな菓子を欲しいんだが」

番頭はこっちの用を知り、ほっとしたような笑みを浮かべる。見本の菓子を差し出しながら、立て板に水とまくしたてた。

「今日は雛祭りでございますから、この桃の花に見立てた菓子か、こちらの三色のものなどいかがでしょう。季節柄、お嬢様方は華やかな色味のものを好まれます」

「じゃあ、そいつを二つずつ」

茶店で売っている大福と違って、淡路堂の菓子は高い。四つも買えばけっこうな金額になるけれど、今日ばかりは仕方がない。ため息とともに懐《ふところ》に手を入れたところ、すかさず番頭に耳打ちされた。

「お代はけっこうでございます。文治親分にはいつもお世話になっておりますから」

その言い方が癇《かん》に障《さわ》り、文治は「そうはいかねぇ」と即座に言った。

「おれはうちの親分から、『十手を笠に勘定を踏み倒すような真似はするな』と言われてんだ。受け取ってもらわなくっちゃ、こっちが困る」

そして勘定をすませたとき、

「六尺の親分が甘党だったとは。人は見かけによらないねぇ」

辺りに響く男の声にむっとしながら振り返る。

声の主は意外にも羽織袴を身に着けた二十二、三の侍だった。背丈は人並みにあるものの、変になよなよして見える。目は細く眉も細く、額の真ん中には目立つ黒子《ほくろ》がついていた。

まるで辻のお地蔵さんが侍に化けたみてぇだな。

怪訝《けげん》な思いで見下ろせば、番頭が包みを手に戻ってきた。

「親分、お待たせいたしました。おや、これは栗山《くりやま》様、毎度ありがとうございます。今日も千鳥餅《ちどりもち》でよろしゅうございますか」

文治に菓子を差し出しながら、番頭が親しげな口を利く。栗山と呼ばれた男は「もちろん」とうなずいた。

「時に番頭さん、文治親分は何を買ったんです」

「手前の口からは申し上げられません。親分からお聞きになってください」

「つれないねぇ。あたしとおまえさんの仲じゃないか」

い。

を利きやがる。切れ者だという評判だが、切れているのは頭ではなく頭の中の筋かもしれな

でき損ないの若旦那か売れない幇間《ほうかん》じゃあるまいし、微禄とはいえ二本差がけったいな口

男同士の不気味なやり取りを聞き流し、文治はそそくさと店を出る。

「いえいえ、こればっかりは」

関わり合いは御免だと先を急いでいたところ、ほどなく栗山が「親分、お待ちよ」と追いかけてきた。

「六尺の親分とあんなところで会うなんて、二人は縁があるんだねぇ。あたしは甘いものに目がなくて、菓子の味にはうるさいんだよ。それで親分は何を買ったんだい。もったいぶらずに教えておくれ」

一体どういう育ちをすれば、同心の倅がこうなるのか。文治は背中がかゆくなったが、人目のある往来で知らん顔もできない。致し方なく足を止め、相手の顔を見下ろした。

「おれが何を買おうと、例繰方《れいくりかた》の旦那には関わりねぇと思いやすが」

つっけんどんに答えると、相手は「おや」と目を見開く。

「うれしいねぇ。あたしのことを知っているとは」

「南町奉行所に出仕するなり、悪党をお縄にした栗山末次郎《すえじろう》の旦那は有名ですから」

走り去りたい気持ちを抑え、文治は栗山を持ち上げる。わざわざ自分を追ってきた相手の

狙いを探るために。

町奉行所の同心は本来一代限りの抱席《かかえせき》だが、実のところは世襲である。同心の子は十三、四で見習いとなり、何年もかけて仕事を覚える。一人前の同心になるには、学ぶべきことが山のようにあるかららしい。

しかし、栗山末次郎が見習いとして出仕したのは去年の暮れ。二十歳を過ぎての出仕はいかにも遅いが、末次郎という名からわかる通り、目の前の男には兄がいた。その兄が流行病で急死したため、お鉢が回って来たのである。

「仁吉《にきち》親分からさんざん話を聞かされやした。栗山様はいずれ定廻りになるに違いねぇ。そのときは、ぜひとも手札を頂戴してぇと」

「おやまぁ、買いかぶってくれたもんだ。あたしが定廻りになる頃には、仁吉親分は十手を返上していると思うけどねぇ」

口では謙遜《けんそん》しているものの、本音はまんざらでもないのだろう。細い目がさらに細くなり、いっそう地蔵めいてくる。定廻りには向かない面《つら》つきの相手を文治はじっと見入ってしまった。

去年の暮れ、出仕したばかりの栗山は役目違いの手柄を立てた。商家の番頭を襲って十五両を奪った大工を佐賀町《さがちよう》の玉吉《たまきち》と召し捕ったのだ。本所《ほんじよ》を縄張りとする相生町《あいおいちよう》の仁吉は深川を縄張りとする玉吉から詳しい話を聞き、まるで自分の手柄のように文治に語ったのである。

──栗山の旦那の人を見る目はてぇしたもんだ。たまたま入った蕎麦屋で様子のおかしい大工を見て、「これは」と思ったってんだから。後をつけると案の定、そいつは人気《ひとけ》のないところで掛取り帰りの番頭を襲った。すかさず「神妙にしろ」と声を上げたが、そこは素人の悲しさだ。まんまと逃げられちまったのよ。

それでも身なりと人相から、番頭を襲ったのは深川に住む大工の安八《やすはち》と突き止めた。さっそく栗山が玉吉を連れて長屋へ踏み込んだところ、安八とその女房は子供の亡骸《なきがら》の前で泣き崩れていたという。

──金を奪って我が子を医者に診せようとした罰《ばち》が当たったんだろう。だが、親なら無理もねぇこったと、栗山様は御奉行様に減刑を願い出なすったのさ。

十両盗めば死罪──それが天下の定法《じょうほう》とはいえ、盗まれた金はすべて戻り、安八にげんのうで殴られた番頭も幸い命に別状はなかった。

何より盗人は我が子を失うという大きな罰を受けている。「なにとぞ格別のお慈悲を」と栗山が訴えてくれたおかげで、安八は罪一等を減じられ、遠島の裁きが下った。

そして今年の正月早々、栗山末次郎は見習いから例繰方同心となったのである。

「石田《いしだ》さんが仁吉親分の言葉を聞いたら気を悪くしそうだね。定廻りは揃いも揃って気位が高いから。そういえば、文治親分も石田さんの手先じゃなかったかい」

「へえ」

文治も仁吉同様、塚越の後任である定廻り同心、石田三左衛門《さんざえもん》から手札を頂いている。栗山の声が大きくなった。

「つまり、親分も塚越さんの手先だったんだろう。世話になった旦那のために、下手人を捕まえようとは思わなかったのかい」

「えっ」

「定廻りが殺されて『恥をさらした』と言われたんじゃ、塚越さんだって浮かばれないよ。案外、薄情なんだねぇ」

「……旦那、往来でする話じゃねぇと思いやすが」

文治は動揺を押し隠して相手を諫《いさ》める。栗山は口を押さえたものの、仕草がいかにもわざとらしい。

一体何を企んでいると文治がいっそう身構えれば、栗山がさらに寄ってきた。

「そう怖い顔をしなさんな」

「あいにくこれが地顔でさ。旦那みてぇな仏顔じゃござんせん」

「あたしは仏顔かい」

「へえ、額の黒子といい、目が細いところといい……言われたことはござんせんか」

何の気なしに返したら、栗山が話を変えた。

「ところで、親分の親分だった『千手の辰三』も塚越さんの手先だろう。行方はまだわからないのかい」

まるで天気の話でもしているような何気なさだ。文治はいつの間にか汗ばんでしまった手をそっと着物にこすり付ける。

「世間じゃ『名なしの幻造』に殺されたって言われているけど、あたしは信じられなくてね。例繰方で調べたら、『名なしの幻造』は上方で一度も殺しをしていないんだよ。案外、辰三親分は自ら姿を消したんじゃないのかい」

「上方のことは知りやせんが、『名なし』は三年前に品川《しながわ》の煙草《たばこ》問屋に押し込み、主人から奉公人まで皆殺しにしておりやす」

同心になったばかりの旦那はご存じねぇでしょうが――と嫌みたらしく続ければ、栗山が初めて眉を寄せた。

「それはもちろん知っているけど、その押し込みは本当に『名なし』の仕業なのかねぇ。江戸と上方じゃ、まるで別人みたいじゃないか」

「不慣れな江戸でいろいろ手違いがあったんでしょう」

「すると、辰三親分は手違いで殺されたってのかい。『悪党の千手先を読む』と言われていた割に、ずいぶん間抜けな最期だこと」

「冗談じゃねぇ、うちの親分はっ」

たまらず声を荒《あら》らげた刹那《せつな》、地蔵の口元がにたりとほころぶ。それを目にして我に返り、続く言葉を呑み込んだ。

「あたしの出仕は去年の暮れからだけど、例繰方だった父や吟味方だった兄から塚越さんのことは聞いていたんだよ。二十七で定廻りに抜擢《ばってき》された逸材で、辰三親分はその右腕だったんだって」

「それが何だってんです」

「文治親分は塚越さんが亡くなるまで辰三親分を捜していたそうじゃないか。亡骸が出た訳でもないのに、どうして諦めちまったんだい」

「おれは親分に代わってこの界隈に目を光らせなくちゃならねぇ。いつまでも見つからねぇもんを捜し続けていられやせん」

「なるほどね。やっぱり文治親分だって辰三親分が自ら姿を消したと思っているんじゃないか」

納得したようにうなずかれ、「そんなこたぁ、言ってやせん」と文治は焦って嚙みついた。

「親分が姿を消して今年でもう四年になる。これ以上捜したところで見つかりっこねぇと思っただけでさ」

「そんなふうに思えるのは、辰三親分が生きていて、戻ってこねぇ理由を知っているからじゃないのかい」

したり顔の呟《つぶや》きに文治は歯を食いしばる。そして大きく息を吸い、ついに切り札を口にした。

「旦那は例繰方でござんしょう。事件のお調べは三廻りの仕事でござんす。役目違いのことに首を突っ込んでいるとわかれば、面倒なことになりやせんか」

町奉行直属の三廻り（定廻り、臨時廻り、隠密《おんみつ》廻り）は、それ以外の役目の者が出しゃばることを嫌う。栗山はいずれ定廻りになりたいと望んでいるようだから、三廻りに喧嘩《けんか》は売らないはずだ。

ところが、相手は地蔵顔に不気味な笑みを浮かべたままだ。そっと右手で額を押さえ、自信たっぷりに言い放った。

「大丈夫さ。あたしには兄がついているから」

吟味方に勤めていたという栗山の兄は亡くなったから、弟が跡を継いだはずだ。兄がついているから大丈夫とは、果たしてどういう意味なのか。

文治がとまどっている隙に、相手は千鳥餅を手に遠ざかって行った。

二

文治が店を出て行くと、お加代は入れ込み座敷に腰を下ろした。

八百惣でも嫁入りについてあれこれ聞かれ、祝いの膳もそこそこに逃げ帰ってきたのである。うちでもこんな思いをするとは夢にも思っていなかった。

「どうしてあたしが頭を下げてもらってもらわなきゃならないのっ。そんなことをするくらいなら、筍《たけのこ》で喉を突いて死んでやる」

「馬鹿なことを言いなさんな。食べ物を粗末にしちゃいけないって、いつも言っているだろう」

雛あられを貪《むさぼ》りつつ文句を言えば、すかさず母に窘《たしな》められる。その言い方が気に入らなくて、お加代はますますふてくされた。

「おっかさんがいけないのよ。人のいないところで余計なことを言うから」

「だって、見ちゃいられないんだもの。文さんが色恋にうとい朴念仁《ぼくねんじん》だって、あんたもわかっているんだろう」

「だからって、どうしてあたしからっ」

「別にいいじゃないか。あたしだって十七のとき、『お願いだから一緒になって』とうちの人に縋《すが》ったんだよ」

聞き飽きた両親の馴《な》れ初《そ》めなんて、今は断じて聞きたくない。お加代は手を振って遮《さえぎ》った。

「おとっつぁんみたいに見場《みば》のいい人なら、あたしだってそうするわ。でも、文さんは違うでしょ」

「見場で亭主を選びたいなら、文さんでなくてもいいんだよ。あたしは無理強《むりじ》いをする気はないんだ。一刻も早くおとっつぁんに負けない色男を連れて来ておくれ」

意味ありげに笑われて、お加代は返す言葉に詰まる。恨みを込めて睨みつければ、母が大きなため息をつく。

「おまえはあたしに似て器量はいいけど、口は悪いし態度も大きい。おまけに強情っぱりの負けず嫌いで、頭を下げるのが大嫌いだ。そんな女と一緒にやっていけるのは文さんしかいないって」

前はここで「そんなことないわ」と言い返した。だが、もはや意地を張っていられないことくらい、お加代だって承知している。母に文句を言う代わりに思いきり歯を剝《む》き出した。

父の子分だった卯吉《うきち》にだまされ、手籠《てご》めにされそうになったとき、助けてくれたのは文治だった。塚越に首を絞められて気を失ったときだって、目覚めて最初に見えたのはやっぱり文治の顔だった。

六尺豊かな大男で人よりはるかに力はあるが、頭の巡りは今ひとつで見た目のほうもぱっとしない。口が悪くて短気なくせに、変なところで押しが弱い。寝相は悪いし、いびきはかくし、人一倍寝起きが悪い。放っておくと同じ手ぬぐいを使い続け、人の三倍飯を食い、タダ酒だったら一升は飲む。

十七の頃は、「文さんと一緒になるなんて冗談じゃない」と思っていた。母からさんざん聞かされた両親の馴れ初めみたいに、いつか自分も父のような男前と恋に堕《お》ちると信じていた。

だが父が姿を消してから、お加代を助けてくれるのはいつも決まって文治だった。つらいとき、困ったとき、もう駄目だと思ったときに、足音もけたたましく現れる。

文さんがそばにいてくれたから、あたしはずっと怖いもの知らずでいられたんだ――そう気付いてしまったら、文治しか考えられなくなった。

それでも、こっちからお願いして一緒になるなんて絶対に嫌だ。

「世間じゃ、『惚れたほうが負け』って言うじゃないの。文さんに負けるなんて冗談じゃないわ」

「『負けるが勝ち』とも言うじゃないか」

「そんなことを言ったって、ごまかされませんからね」

あの文治に気の利いた口説き文句を望んだところで空《むな》しいだけだが、一応女の端《はし》くれとして譲りたくないものはある。

だいたい、さっきの言い草は何だ。人より大きな図体《なり》をして情けないにもほどがある。

「お加代を幸せにできるのはおれしかいねぇ」とか、「命に替えても幸せにする」と、どうして胸を張れないのか。

女に決断をゆだねるなんて、男の風上にも置けない。

「てんで見かけ倒しなんだから」

お加代が頬を膨らませれば、母が困った顔をした。

「文さんは母親のことがあるから、所帯を持ちたくないのかねぇ」

「おっかさん、それはどういうこと」

目を怒らせて聞きとがめると、母は口の端《はし》が下がる。

「文さんの母親は情夫《いろ》と駆け落ちしたんだよ」

知らなかった昔話にお加代は目をしばたたいた。

文治の父は文吉《ぶんきち》と言って、通し飛脚をしていたそうだ。通し飛脚は替えのない大事なものを託されることが多い。文吉は丈夫な身体と真面目な人柄を見込まれて、休む間もなく走り回っていたらしい。

「亭主の稼ぎがよくて留守がちとくりゃ、尻軽女はたまらないさ。調子に乗って羽目を外し、とうとう情夫と逃げたんだって」

しかし、そんな女でも文吉は惚れ抜いていたようだ。「女房が浮気をしたのはさびしかったからに違いない」と必死に行方を捜したけれど、逃げた二人は見つからなかった。失意の文吉は酒に溺《おぼ》れ、飛脚の仕事も辞めた挙句、幼い我が子に己の憂《う》さをぶつけるようになったとか。

「近所の人の話じゃ、女房に逃げられる前は子煩悩だったようだけどね。今の文さんみたいに大柄な人だったってさ」

そんな相手に手を上げられたら、子供はたまったものではない。だから家を飛び出したのかとお加代はようやく納得して、我知らず呟いた。

「だったら、文さんのおっかさんは生きているかもしれないのね」

てっきり身寄りはいないものと頭から思い込んでいた。一方、母は「冗談じゃない」と吐き捨てる。

「たとえ生きていたとしても、我が子を捨てて逃げたんだ。今になって『母親でござい』と現れたって、このあたしが許さないさ」

母の気持ちはわかるけれど、果たして文治はどうだろう。自分を捨てた母親でも、できれば会ってみたいのでは。

あたしが今も、おとっつぁんに会いたくてたまらないように……。

ふと浮かんだ考えをお加代は強いて振り払う。

母はさらに話を続けた。

「おまえは覚えていないだろうけど、初めて会った文さんはひどい恰好をしていてね。あたしゃてっきり孤児《みなしご》かと思ったもんさ」

「あら、あたしだってちゃんと覚えているわよ。痩せっぽちのくせにどんぶり飯を三杯、ものも言わずに平らげてさ。食べ終わっても貝みたいに黙ったままで」

思い出の底の底のほうから、子供の頃の文治の姿が陽炎《かげろう》のように浮かんでくる。背丈は人並みにあったものの、いつ洗ったかわからない薄汚れた着物を着て、顔や腕にはいくつもの赤黒い痣《あざ》がついていた。

口を尖らせて答えれば、母が大きくうなずく。

「かろうじて名は聞き出したけど、住まいや親の名はいつまでたっても言わなくて。ああ、この子はよっぽど帰りたくないんだと思ったよ」

とはいえ素性もわからないまま、いつまでも置いておく訳にもいかない。「俺が人さらいにされてもいいのか」と父に詰め寄られた末、文治がすべて白状したのは「たつみ」に来てから三月《みつき》後だった。

すぐに父が嫌がる文治を引っ張って蛤町の長屋へ行くと、文吉はひと月前に亡くなっていたという。

「長屋の人から聞いた話じゃ、酔っ払って堀に落ちたんだって。文さんはさぞかしつらかったろうねぇ」

「あら、どうして」

実の父が死んだのだから、びっくりはしただろう。だが、手を上げる父がいなくなって、本音はほっとしたはずだ。

思ったままを口にすれば、母が呆れた顔をする。

「文さんのことだもの。自分が家を出なければと、胸を痛めたに決まっているよ」

「家を出たのは、手を上げる父親に耐えかねてでしょう。しかも、酔って堀に落ちるなんてまさしく自業自得じゃない。文さんは気にしていないわよ」

細い眉をひそめれば、母は疲れた様子で呟く。

「あたしは子育てをし損なったかねぇ」

「おっかさん、どういう意味よ」

「どうって、言葉通りさ。文さんに申し訳なくなってきたよ」

それは聞き捨てならないとお加代が文句を言おうとしたとき、ちょうど文治が帰ってきた。

「おや、文さん。遅かったじゃないか」

「申し訳ねぇ。けど、とびきり上等な菓子を買ってきやしたぜ」

得意気に包みを差し出す顔は二十八の男のものとは思えない。こっちの気も知らないでと、お加代はますますむっとした。

小さな子供じゃあるまいし、おっかさんも文さんもあたしをいくつだと思っているの。二十歳だ、年増だと言うのなら、それらしい扱いをしてちょうだい。

腹の中で文句を言いつつ、それでも菓子に手を伸ばす。

その色鮮やかな見た目にうっとりしかけて……お加代は昔遊びに行った菓子司を思い出した。

翌日の五ツ半（午前九時）過ぎ、お加代は三年前に死んだ幼馴染み、お八重《やえ》の実家の増田《ますだ》屋《や》を訪ねた。

増田屋は淡路堂と同じく大名家お出入りの菓子司だったが、娘が首をくったせいで御用達の看板を失った。世間の人たちも縁起が悪いと思うのか、今ではいつ訪ねてもめったに客の姿を見ない。

「これはお加代さん、いらっしゃいませ」

「番頭さん、お久しぶりです」

白髪の増えた番頭にお加代は笑顔で挨拶する。すると、相手は目頭を押さえた。

「あの、番頭さん」

どうしましたと尋ねる前に番頭がこぼれた涙をぬぐう。

「申し訳ありません。お嬢さんのことを思い出してしまったものですから」

お加代は何とも言えない思いで涙ぐむ相手をじっと見つめた。

お八重はお加代と同い年だが、見た目が似ていたわけではない。それがお八重を苦しめていたと知ったのは、もうひとりの幼馴染み、お志乃《しの》が殺された後だった。

——あんたなんかに、あたしの気持ちがわかるもんですか。

大店の跡取り娘として何不自由なく暮らしていながら、お八重は己の器量の悪さを気に病んでいたのである。それをお志乃に揶揄《やゆ》されて、浜町河岸《はまちょうがし》から突き飛ばした。

お八重がお志乃を手にかけたことを知っているのは、お加代と文治と母だけだ。番頭も増田屋夫婦も、お八重が自ら命を絶った本当の理由を知らない。

残されたお八重の書置には「どうか堪忍してください」と一行だけ記されていた。

「お雛様を見て、お八重ちゃんを思い出したものですから。久しぶりにお線香をあげさせてもらっていいですか」

正しくは「雛祭りの菓子を見て」だが、嘘のうちに入るまい。お加代の申し出に番頭はしわの寄った目尻を下げる。

「ありがとうございます。旦那様と御新造《ごしんぞ》さんが喜びます」

かつてお加代はこの番頭に「十手持ちのお身内が入り浸っては困ります」と文句を言われたことがある。それは番頭の本心ではなく、お八重が言わせたものだった。そんなことまで思い出してお加代はそっと苦笑する。

増田屋夫婦はお加代の手を取らんばかりにして仏間に招き入れてくれた。死に方が死に方だったため、お八重に手を合わせる者は少ないようだ。

「うちの娘を覚えていてくれるのは、お加代さんと正吉《しょうきち》だけです」

正吉とは、お八重と一緒になるはずだった増田屋の手代の名だ。お八重が首をくくった後、思い悩んだ末に仏門に入ったと聞いている。

たぶん正吉はにわかにお八重の気が変わり、自分と一緒になるのが嫌で死んだと思ったのだろう。お加代は本当のことを教えようかと思ったが、正吉はお八重といい仲になる前、お志乃に心底惚れていた。お八重がお志乃を殺したと知れば、なおさら苦しむかもしれない。何より幼馴染みの気持ちを思えば、正吉にだけは言えなかった。

お八重は正吉に惚れていたが、相惚《あいぼ》れとは思っていなかった。だからお志乃に「正吉は身代目当てだ」と言われ、我を失くしてしまったのだ。

嫌いなお志乃の言葉より惚れた男を信じていれば、お八重は死なずにすんだのに。いや、あのとき自分が問い詰めなければ……せめて「見逃す」と言っていれば、お八重は首をくくらなかった。

娘を亡くした御新造の年より老けた顔を見て、お加代は胸を締め付けられる。

あたしは他人に「自訴しろ」とえらそうに言えた義理じゃなかった。

お八重ちゃん、本当にごめんなさい。

死に追いやった幼馴染みに手を合わせ、心の中で頭を下げる。あのときは、父が悪事の片棒を担いでいるなんて夢にも思っていなかったのだ。

――うちのおとっつぁんは、江戸一番の十手持ちなんだから。

物心がついた頃から、お加代は繰り返しそう言ってきた。塚越の悪事を知った後も、しばらくは父の無実を信じていた。

だが、時が経つに従って、「それはあり得ない」と観念した。父と塚越は自分が生まれる前からの付き合いで、強請られていたのは父の縄張りの大店ばかりだ。恐らく仲間割れの末、父は命を狙われて江戸から逃げ出したのだろう。

それればかりか、お加代を殺そうとした塚越を手にかけたのは父かもしれない。それなら塚越ひとりが死んで、自分が生きている説明がつく。しかし、お加代はこのことを他人に打ち明けるつもりはなかった。

あの世のお八重に「卑怯者」とそしられても、父のことを守りたい。お加代は静かに手を下ろし、物言わぬ位牌をじっと見つめた。

「ねぇ、お加代さんはいつ文治親分と祝言を挙げるのかしら。私はお加代さんの花嫁姿を楽しみにしているのよ」

唐突に御新造から尋ねられ、お加代は飲んでいた茶を噴き出しそうになる。

どうして行く先々でこの話が出るのだろうか。返事に困っていたら、増田屋の主人が厳しい表情で口を挟んだ。

「余計なことを言うもんじゃない。辰三親分はまだ行方が知れないんだぞ」

「そう、そうよね、私ったら……気を悪くしないでちょうだいね」

夫に叱られた御新造が顔色を変えて詫びを言う。お加代は「お気になさらず」と首を振った。

前は祝言を挙げるなら、父が戻ってきてからだと頑《かたく》なに思い込んでいた。今は「そんなことを言っていたら一生嫁に行けない」と承知している。

母もしきりとせっつくし、お加代も今年二十歳になった。父に花嫁姿を見せられないのは甚《はなは》だ心残りだが、この際仕方ないだろう。

ところが、肝心の文治が今もって煮え切らない。「見かけ倒しの根性なしめ」と口の中で罵ったとき、御新造にそっと手を握られた。

「ついお加代さんにお八重を重ねてしまうものだから。どうかお八重の分まで幸せになってちょうだいね」

「御新造さん」

触れた手のぬくもりから混じり気のない労《いたわ》りを感じる。お加代は申し訳なくて、たまらず目をそらしてしまう。

「できれば、私たちが江戸を離れる前に祝言を挙げてくれるとうれしいんだけど」

「江戸を離れるって……お店はどうするんです」

「跡を継ぐ者もいなくなったし、私らももう年だ。商いも思わしくないことだし、いっそ手放そうかと思ってね」

「そんな」

お加代は異を唱えかけ、続く言葉を危うく呑み込む。

跡継ぎを死に追いやっておきながら、とやかく言えた義理ではない。気まずい思いで別れを告げてうつむきがちに表に出れば、ひやかすような声がした。

「やけに浮かない顔をしているじゃないか。増田屋の菓子はそんなにまずいのかい」

聞き捨てにはできなくて、お加代は相手も見ずに叫ぶ。

「店の前でいい加減なことを言わないでっ」

「威勢がいいねぇ。さすがに『千手の辰三』のひとり娘だ」

目の前で感心したように呟いたのは、羽織袴の侍だった。

くだけたもの言いだから、てっきり町人だと思ってしまった。お加代は口を押さえたものの、一度出たものはどうにもならない。内心冷や汗をかきながら、相手の表情をうかがった。

糸のように細い目に額の真ん中には黒子がひとつ。並みの人より痩せているので、腰の刀が重そうである。

侍ならば侍らしくしゃべってくれればいいものを。町人みたいな口を利くから、こっちが勘違いするんじゃないの。

お加代は弱気を振り払い、相手の顔を睨みつけた。

「どこのどなたか存じませんが、増田屋の暖簾に傷をつけるようなことはおっしゃらないでください」

「そんなに怖い顔をしたら、せっかくの美人が台無しだよ」

「あたしの顔なんてどうだっていいでしょう」

「とんでもない。男は美人の笑顔をやる気の糧《かて》にしているんだ。せっかく持って生まれた器量を生かさないでどうするのさ」

お地蔵さんみたいな見た目のくせに、やけに舌の回る男だ。お加代はうんざりしてしまい、顎を突き出して歩き出す。

地蔵侍が急に慌てた。

「ちょっとお待ちよ。おまえさんの父親のことで聞きたいことがあるんだ」

「他人に物を尋ねるなら、まず名乗るのが筋じゃないですか」

「そういや、そうだ。あたしは南町奉行所の例繰方同心、栗山末次郎というんだよ。文治親分から聞いているだろう」

自信たっぷりに名乗られて、お加代は細い眉を寄せる。

「何も聞いていませんけど、例繰方の旦那が何の御用でしょう」

本当は「栗山という見習い同心が手柄を立てた」と前に聞いたことがある。だが、わざわざ教える義理はない。栗山はあからさまにがっかりした顔をしたが、お加代は構わず繰り返した。

「例繰方の旦那がうちの父の何をお知りになりたいんです」

「全部」

「どういう意味です」

「だから、全部は全部だよ。どうして辰三ほどの岡っ引きが突然姿を消したのか。塚越さんはなぜ『名なしの幻造』を探らせていたと言ったのか。その塚越さんがなぜ、誰に殺されたのか」

ひと息に並べ立てられて、お加代は束の間凍りつく。栗山の細い目の中で黒目が光ったような気がした。

「おまえさんだっておとっつぁんの行方を知りたいだろう。あたしはこう見えて目端《めはし》が利く。知っていることを教えてくれれば、きっと力になれると思うよ」

恩着せがましくささやかれたが、お加代はきっぱり断った。

「父がいなくなったのは四年も前のことです。今になって捜したところで、見つかりっこありません」

「父親に会いたくないのかい。薄情な娘だねぇ」

そのとき胸を貫いたのは、怒りなのか、恐れなのか。お加代は落ち着くために大きく息を吐いてから、まっすぐ栗山に向き直る。

「あたしはさんざん父を捜して、ようやく諦めたところなんです。面白半分にひっかき回すのはやめてください」

「面白半分とは心外だね。あたしはこのネタにかけているのに」

「ネタですって」

「そうだよ。江戸一番の岡っ引きがある日突然いなくなり、定廻り同心が謎の死を遂げる。

その謎を若い同心が見事解き明かすって筋立ての戯作《げさく》を考えているのさ」

「冗談じゃないわっ」

お加代は再び怒鳴ってしまった。

「旦那は町方のお役人でしょう。そんなことをして許されると思っているんですか」

「うちの父も例繰方勤めの傍ら、写本の内職をしていたよ。倅のあたしが戯作を書いて何が悪いんだい」

「何が悪いって……戯作者の東斉南僕《とうざいなんぼく》が手鎖《てぐさり》の刑を受けたのを忘れたんですか」

東斉南僕は人気の戯作者だったが、二年前、合巻本『闇錦《やみのにしき》黄金夢《こがねのゆめ》』を書いたことで三十日の手鎖の刑を受けている。

ところが、栗山は余裕たっぷりに微笑んだ。

「あれは、義賊十六夜《いざよい》六太郎《ろくたろう》が武家屋敷に忍び込み、盗んだ金を貧しい者たちに分け与えるって話だからさ。あたしのは町方同心が主役で、見事に難事件を解き明かすって筋だからね」

謎を解く同心、すなわち自分が活躍するから大丈夫だと言いたいらしい。つくづく調子のいい男だと、お加代は腹の中で舌を出す。

あいにく死んだ同心は陰で大店を強請っていた。同心が同心の悪事を暴く——そんな話を戯作にできるはずがない。

知らない人は呑気でいいわと、お加代は栗山に冷たい目を向ける。

「でも、塚越様が殺された一件は調べないことになっているんじゃ」

「裏にどんな事情があろうと、人ひとり殺されて調べちゃならねぇっていうほうがおかしい。辰三親分がここにいたら、あたしと同じことを言うと思うがねぇ」

お加代は一瞬息を呑み、相手の仏に似た顔を穴が空くほど見つめてしまう。まさか、栗山はすべて承知で戯作を書こうとしているのか。

するると、相手の細い目がさらに糸のようになった。

「ついでに言っておくと、東斉南僕はあたしの師匠さ。これでも十二の年から戯作者修業をしていたんだ」

「何ですって」

「兄が死んで窮屈な奉行所勤めをすることになったけど、あたしは筆一本で身を立てる夢を諦めちゃいないんでね。戯作が当たって一生暮らせる金が手に入れば、同心なんて辞めてやるよ」

どうやら栗山のふざけた口調は戯作者修業の名残りらしい。しかも戯作を書くのは金目当てと知り、お加代の身体は怒りで震えた。

「あたしたちは父のいない暮らしにようやく慣れたところなんです。どうして寝た子を起こすような真似をなさるんですか」

「人ってなぁ、隠されるとますます知りたくなるもんさ」

いきなり顔を近づけられてお加代は一歩後ずさる。まるで走った後のように胸が大きな音を立てた。

「あ、あたしは何も隠してなんかいやしませんっ。あたしが案じているのは……塚越様の御新造さんに迷惑がかかることだけで」

強い調子で打ち消してから、もっともらしい口実をひねり出す。

「御子様のいない理久《りく》様は、去年の春に木村長明《きむらちようめい》先生と一緒になられたんです。死んだ前の夫のことであれやこれや言われたら、迷惑なさるに決まっています。木村先生だって心穏やかではないはずです」

「そうかねぇ。夫がなぜ、誰に殺されたのか、一番知りたいのは塚越さんの御内儀《ごないぎ》だと思うけど」

「いいえ、今となっては余計なことです。そのせいで木村先生と気まずくなったら、どうなさるんですか」

頭ごなしの決めつけに栗山が苦笑した。

理久は深川で口入れ業を営む野澤屋《のざわや》の娘で、三十まで独り身だった塚越と十八のときに一緒になった。二人は子供にこそ恵まれなかったものの、八丁堀《はつちようぼり》きってのおしどり夫婦と評判だった。

だが、こうなってしまっては跡継ぎがいなくてむしろ幸いだっただろう。塚越の両親は息子が殺される前に亡くなっており、ひとり組屋敷を追われた理久は実家の野澤屋に出戻った。無論、理久の親だってすでに墓の下である。兄が跡を継いだ家で肩身の狭い思いをしていたとき、名医と評判の本道医《ほんどうい》、木村長明から後添いの話が舞い込んだ。

木村は旗本や大店の主人といった金のある病人を診《み》る傍《かたわ》ら、貧乏人でも嫌がらずに診る世に名高い仁医である。お加代も具合が悪くなると、八丁堀の木村のところへ診てもらいに行っていた。年こそ還暦に近いとはいえ、先妻との間に子供はなく、人柄は折り紙つきである。

それでも、理久は塚越に未練があったのだろう。「今度は医師の妻として八丁堀に戻ったら、世間の人に笑われます」と人を介して断ったところ、木村は「ならば医者を辞め、根岸《ねぎし》に引っ越す」と言い出した。

それを知って慌てたのは、日本橋界隈の病人である。木村が医者を辞めたら、この先誰を頼ればいいのか。近所に医者は大勢いるけれど、木村ほど腕がよくて信頼できる人はいない。

なにとぞ思いとどまってくれと口々に訴えたにもかかわらず、木村の決意は揺るがない。困った病人とその身内は、今度は理久に泣きついた。

――どうか木村先生と一緒になって、医者を続けさせてくださいまし。八丁堀に住むのがお嫌なら、引っ越していただいてけっこうです。ですが根岸は遠すぎますので、神田《かんだ》か両《りょう》国《ごく》あたりでお願いします。

何とも身勝手な言い草だが、病人の身内が連日連夜野澤屋に押しかけて懇願する。これでは何かあったとき、「おまえのせいで身内が死んだ」と逆恨《さかうら》みをされかねない。理久はやむなく木村に嫁ぎ、二人は本銀町《ほんしろがねちょう》の借家に移り住んだ。

文治は当初「木村先生を見損なった」と憤慨していたけれど、お加代はよかったと思っている。木村ほどの名のある医者にすべてを捨てて望まれたのだ。理久だって女冥利に尽きるだろうし、塚越に先立たれた悲しみも少しは癒えたに違いない。

男と女の間のことは強引なほうがいいときもある。実際、理久は木村に嫁いで元気を取り戻したと聞いている。

「今になって何かわかったって、死んだ人は帰って来ません。お願いですから、余計な真似をしないでください」

「やれやれ。辰三の娘は女にしておくのがもったいねぇ目明し気質《かたぎ》と聞いていたが、とんだ評判倒れだね」

不満そうな呟きにさまざまな思いが込み上げる。

何も知らない三年前なら、たぶん栗山に手を貸した。けれど、今は事情が違う。お加代が黙っていたら、栗山は踵《きびす》を返して増田屋の暖簾をくぐった。

「これは栗山様、いらっしゃいませ」

明るい番頭の声音からして、栗山は馴染みの客らしい。最初に憎まれ口を叩いたのは、自分の気を引くためだったのか。

侍のくせに菓子好きで口調は芸人じみている。あれで町方役人がちゃんと務まるものかしら。

お加代は先を急ぎつつ、苛立《いらだ》ちと不安を募《つの》らせていた。

三

三月十日の昼下がり、文治は眉間にしわを寄せて日本橋通りを歩いていた。その傍らを赤ら顔の男が二人、千鳥足で通りかかる。

お天道様の出ているうちから、だらしがねぇにもほどがあらぁ。

文治がじろりと睨みつければ、二人はたちまち青くなって背筋を伸ばして行き過ぎる。

「最初《はな》からちゃんと歩きやがれ」と、文治は小声で悪態《あくたい》をついた。

雛祭りの翌日、お加代に「話がある」と言われたときは、柄にもなく胸が鳴った。

さてはお仙に言い含められ、「一緒になって」と言いに来たのか。お加代自身が望んでいるなら、こっちだって否《いな》やはない。「何だい」と笑顔で促せば、思いがけない名を告げられた。

「増田屋の前で栗山っていう旦那に会ったわ」

浮わついた気分は即座に吹っ飛び、文治は大きな身体を乗り出す。「何を言われた」と尋ねると、震える声が耳に届いた。

「おとっつぁんと塚越の旦那のことを調べているんですって。それをネタに戯作を書くと言ってたわ」

「そんな与太話を真に受けるこたぁねぇ。塚越の旦那のことは町奉行所内でも触れちゃならねぇことになってんだ。例繰方の新米なぞに手が出せるもんか」

お加代はややしてうなずいたが、その表情は少しも晴れない。文治はこっそり舌打ちして苦い後悔を噛み締めた。

こんなことなら三日の晩に、「栗山には気を付けろ」と話しておくべきだった。いろいろ言ったところで、どうせ口先ばかりだろう。本当に動くことはあるまいと侮《あなど》ったのがまずかった。

町奉行所の隠し事を戯作のネタにしようものなら、御役御免ではすまされない。せっかく同心になれたのに、自ら路頭に迷うつもりか。文治は相手の真意を測りかね、栗山について調べ出した。

父の栗山源志郎《げんしろう》はうだつの上がらない例繰方同心だった。江戸患い（脚気《かつけ》）で三年前に自ら勤めを辞している。次男の末次郎は東斉南僕の下で戯作者見習いをしていたが、師匠がお咎《とが》めを受ける前に破門になっていたようだ。そして、南僕は手鎖の刑を受けた半年後に病没していた。

——南僕先生は面倒見のいいお方でね。末次郎さんにはずいぶん目をかけていたんだよ。

——末次郎さんが破門になったのは、身内に累が及ばないように先生が気を回したからさ。でも、そのおかげでお役人になれたんだもの。先生も草葉の陰で喜んでいるんじゃないかねえ。

——あたしはそうは思わないね。末次郎さんも『闇錦黄金夢』にかかわっていたって話じゃないか。南僕先生は死んだのに、何食わぬ顔で町奉行所に勤めるなんて弟子の風上にも置けないよ。

——そんなことを言ったら末次郎さんが気の毒だよ。好きで同心の子に生まれた訳じゃないんだもの。気さくでいい人だったじゃないか。

——ふん、人の顔を見るたびに、「亭主と喧嘩しただろう」とか「いいことがあっただろう」とか、適当なことを言ってくれて。ああいうのは気さくじゃなくて、余計なお世話っていうんだよ。

——ふふ、あんたはいつも図星をさされて、びっくりしていたもんね。してみりゃ、昔から町方の旦那に向いていたのさ。

——お役人ってのは勘だけじゃなく、ヤットウの腕もよくないと務まらないだろう。あたしはいっそ八卦見《はっけみ》になるべきだったと思うけどね。末次郎さんは筆より重いものを持ったことがなさそうじゃないか。

戯作者の住んでいた浅草阿部川町《あさくさあべかわちょう》の長屋で聞いて回れば、おしゃべり好きのかみさんたちが思いつくままに語ってくれる。礼を言って長屋を出てから、文治は道端で立ち止まった。

戯作にはさまざまな人が登場する。もっともらしく書き分けるために、栗山は常日頃から周囲をよく見ていたのだろう。大工の安八に目をつけたのも戯作修業の賜物《たまもの》と言える。

――いいか、どんなことにでも「人となり」ってもんが出る。いくらもっともらしくても、ひっかかることがあるのなら、うっかり鵜《う》呑みにしちゃならねぇ。

それが辰三の口癖で、さらにこう続けたものだ。

――事件のあるなしにかかわらず、常にしっかりものを見ておけ。そうすりゃ、いざというとき役に立つ。

つまり、栗山末次郎は期せずして捕物の心得を身に付けていたことになる。道理で地蔵顔のくせに油断のならない目をしていた。

ただし、それは傍《はた》から見たってわからないことだ。しゃべりといい、振る舞いといい、同心にふさわしくない末次郎が何ゆえ特に許されて兄の跡を継げたのか。文治は腑に落ちなくて、その日の五ツ（午後八時）前に石田三左衛門の組屋敷を訪ねた。

たかが手先の分際で同心についてとやかく言うのだ。他人に聞かれては面倒だし、石田も面白くないだろう。そう思って時刻と場所を選んだつもりが、困ったことに先方は遅い夕餉《ゆうげ》の最中だった。

文治が「申し訳ありやせん」と頭を下げれば、あばた面の同心は「気にするな」と手を振った。

「こんな時刻に飯を食っているこっちが悪い。それに、我が家は子が多くて落ち着かんだろう。聞かれてまずい話なら、狭いがいいところを知っているぞ」

そう言って連れて行かれたのは、八丁堀のそばにある味噌問屋だった。石田が「蔵を借りたい」と声をかけると番頭は心得顔でうなずく。どうやら石田は頻繁に蔵を借りているらしい。

二本差が「いいところ」と言うのだから、てっきり料理屋の二階あたりと思っていた。周りが暗いのをいいことに文治は盛大に顔をしかめる。

「いささか味噌のにおいがきついが、ここなら人目を気にせずにすむ。一体何があったんだ」

得意気な声で促され、文治は月代《さかやき》に手をやった。

子のなかった塚越と違い、石田には五人の子供がいる。当節は子供の習い事にとかく金がかかるため、石田は陰で手先たちから「けちだの旦那」と呼ばれていた。

町奉行直属の定廻りといえば、町方同心の顔である。髪は小銀杏髷《こいちょうまげ》に結い、着物は裾《すそ》がはだけるように身幅をわざと狭く仕立てる。二本差の黒羽織に着流し姿は世間の耳目を集めるため、定廻り同心になると誰もが見た目に気を遣った。

ところが、石田三左衛門は小銀杏髷を結ってはいても、着物の身幅は広いままだ。羽織も着古した羊羹《ようかん》色で、どこからどう見ても貧乏くさい。その上、目立つあばた面でお世辞にもいい男とは言えない。

文治だって他人をとやかく言えるような面相ではないけれど、石田の旦那よりはいくらかましだと思っていた。

それに引き替え、塚越は絵に描いたような定廻りだった。黄八丈《きはちじょう》を粋に着こなし、大股で町を歩く姿はほれぼれするほど決まっていた。何をやらせてもそつがなく、手先が私事で押しかけても理久の手料理と酒でもてなしてくれた。

こういうのを「月とすっぽん」って言うんだろうな——文治はげんなりしたけれど、すぐに「いや」と反省する。

いくら見た目と気前がよくたって、塚越は悪事を働いていた。しかも、それを隠すためにお加代を殺そうとしたではないか。外面《そとづら》のいい悪党より、野暮《やぼ》ったい石田のほうが定廻りにふさわしい。夕餉の邪魔をしたというのに、話を聞いてもらえるだけありがてぇと思わないと。

味噌の香りを吸いこんで、文治はおずおずと口を開く。

「実は、例繰方の栗山様ですが……」

ひと通り言いたいことを言い、石田の様子をうかがった。

目は暗がりに慣れたものの、相手の表情ははっきりしない。固唾《かたず》を呑んで返事を待てば、ややして石田が「放っておけ」と呟いた。

「栗山末次郎は出仕したばかりで、奉行所のことがわかっておらん。いかに愚かなことをしているか、遠からず察するに違いない」

やけにものわかりのいい返事を聞いて、文治は己の耳を疑う。

本来ならば、例繰方の新米が昔の事件を嗅ぎ回るなど絶対に許されないことだ。どうして今度に限ってと、釈然としない思いに駆られる。

考えてみれば、栗山の初手柄だっておかしな話だ。襲ったその場で捕り押さえた訳ではないのだから、後始末は定廻りに任せるべきだろう。

佐賀町の玉吉は南の定廻り、北見陸朗《きたみろくろう》の手先である。本来なら己の手柄になるものを役目違いの見習いにあえて譲ってやるなんて。

「どうして栗山様だけ特別扱いなさるんです。旦那方は弱みでも握られていなさるんですか」

息を呑むような音がしたが、文治は構わず話し続けた。

「そういえば、相生町の仁吉が言っておりやした。栗山の旦那は遠からず定廻りになるに違いねぇ。そのときは、ぜひ手札を頂きたいと」

「なにっ」

尖った声を上げた石田に腹の中でほくそ笑む。

定廻りは役目柄、三十半ばを過ぎてから任命される者が多い。剣術や捕縛術といった体技の他に、町ごとの事情や人のつながりに通じ、「清濁併せ呑む」ことが何より肝心になるからだ。

石田は三十九にして塚越の後任の定廻りとなった。その前は吟味方下役《したやく》を務めており、五人の子供を養うために内職に追われる日々だったという。今も「(実入りのいい)定廻りになれてよかった」としみじみ呟くときがある。

そんな石田にしてみれば、栗山が「遠からず定廻りになる」と言われて面白かろうはずがない。「仁吉の奴」と吐き捨てたので、文治はここぞとそばに寄る。

「栗山様にこれ以上の勝手をさせちゃ、仁吉のような野郎が他にも出てまいりやす。この辺で筋を通したほうが旦那のためだと思いやすが」

「おまえの言い分はもっともだが、俺からは言えん」

「では、例繰方の与力の旦那にお願いして」

「いいから放っておけ」

「ですが、このままでは」

「くどいっ」

かつてない語気の鋭さに文治が口を閉じたとたん、石田は気まずそうに咳払いをした。

「二十歳を過ぎてから出仕した奴に定廻りが務まるものか。いずれ虎の尾を踏んで御役御免になるだろう。草葉の陰で兄の大悟《だいご》がさぞかし嘆いておるだろうて」

言い訳めいた言葉を残して石田は出て行ってしまう。文治は味噌くさい蔵の中でひとり立ちすくんだ。

――大丈夫さ。あたしには兄がついているから。

前に釘を刺したとき、栗山は不敵に笑っていた。石田の口から兄の名が出たことと何か関わりがあるのだろうか。

どうして古参の同心が例繰方の新米に、いや病で死んだ吟味方の同心に遠慮しなければならないのか。文治はそれを探るべく、南町奉行所の下働き、半助《はんすけ》を飲み屋に誘った。

半助は三十年近く南町奉行所で下男をしている。ゆえに口は堅いのだが、話を聞き出すコツがある。

――奉行所内のことを知りたきゃ、半助じいさんに酒を飲ませろ。

かつて辰三から教わった役立つ心得のひとつだった。

「栗山様のことを教えて欲しいって、そいつぁ一体誰のことさね。隠居した父親か、死んじまった兄か、同心らしからぬ弟か」

ほどよく酒が回ったところで聞きたいことを切り出せば、年寄りは調子よく答えてくれる。文治は酒を注ぎつつ言った。

「弟のことを知りてぇのさ。いくら長男が死んだからって同心は本来抱席だ。二十歳を過ぎた弟がよく後釜に座れたと思ってな」

「そりゃ、あれだ。兄貴の死に方が死に方だからだ」

「死に方が死に方って、兄貴は去年の流行病で亡くなったんだろう」

病で命を落としたのなら死に方もへったくれもない。眉をひそめる文治の前で、半助はひゃははと声を上げた。

「おめぇたち岡っ引きは町中《まちなか》のことは知っていても、町奉行所の中については何も知らねぇんだな。ま、めったに足を踏み入れねぇから無理もねぇか」

見下すような言い方が癇に障《さわ》ったが仕方がない。「おっしゃる通り」とうなずきながら、半助にさらに酒を勧めた。

定廻り同心は毎日見廻りをするので決まった非番がない。その代わり用がなければ、町奉行所に顔を出さなくていい。文治も大番屋には足を運ぶが、町奉行所の中のことはあまり詳しくなかった。

「そいつをとっつぁんに教えて欲しくて、こうして頼んでいるんじゃねぇか。もったいぶらずに教えてくれよ」

あくまで下手《した で》に出たのが功を奏したのだろう。半助が「ここだけの話だぞ」と念を押した。

「見廻りばかりの定廻りと違って、内勤めは雑用が多い。だが、そんなものは誰だってやりたくねぇ。古参の奴らは目下の奴に手のかかる面倒を押し付けて、押し付けられた奴はさらに若いのに押し付ける。すると、どうだ。一番の下っ端がすべてひとりで抱え込むことになっちまう」

酔っ払いの説明に文治はふむふむと相槌を打つ。町奉行所に限らず、奉公していればよくある話だ。

「そいつが兄貴の死と関わりがあるっていうのか」

「大ありよ。栗山大悟は吟味方の同心で、まだ若いのに仕事ができた。しかも『仏の栗山』と呼ばれるくらい人がよかったもんだから、あらゆる雑用を押し付けられて身体を壊しちまったんだ」

一つひとつはささいなことでも、数が増えれば手間がかかる。まして「明日まで」とか「できるだけ早く」と言われれば、寝ないでだってやるしかない——半助の説明に、文治は「ちょいと待った」と口を挟む。

「寝ないでやると言ったって、吟味方なら非番だってあるだろう。雑用くらいで具合を悪くするなんて、元から身体が弱かったのか」

「おめぇみてぇに丈夫な丸太ん棒にはわからねぇかもしれねぇがな。役得の少ない吟味方の同心は内職しねぇと食えないのさ。非番だからって組屋敷でのんびり寝ていられる訳じゃねぇ。内でも外でも休むことなく働いていりゃ、並みの男は身体を壊すに決まってらぁ」

しかも、栗山大悟はとても真面目な男だった。「吟味方の書くものに間違いがあってはならない」と手を抜くことを一切せず、ますます己の首を絞めた。

「そこへもって、去年の流行病が止《とど》めを刺したのよ」

半助は呟き、自ら酒を注いだ。

「古参の奴らが我先に休んじまったから、『仏の栗山』はどれほど具合が悪くても休む訳にはいかなくなった。それこそ、休んだ奴らから『代わりにやっておけ』と押し付けられた仕事が山のようにあったからな」

人の少ない奉行所で無理に無理を重ねた末、厠《かわや》で人知れず息絶えていたという。周りの者はそれを知ってさすがに仰天したそうだ。

「俺も町奉行所の下働きをずいぶん長くやっているが、あそこで死んだ奴なんて聞いたことがねぇ。『仏の栗山』が本物の仏になるなんて、嫌な洒落《しゃれ》だぜ」

「そんなになるまで、周りの奴らは放っておいたのか」

「ああ、できのいい若手は古参の連中にやっかまれる。あいつはいずれ定廻りになるに違いねぇから、今のうちにこき使っておけってな。死んじまったときだって、『尻を出して死ぬなんてみっともない。町方同心の面汚《つらよご》しが』と陰で笑っていたって話だ」

口にしてから気分が悪くなったのか、半助がぐいと酒をあおる。文治もつられて酒をあおった。

去年の流行病は熱と咳が出た後に、腹が下るものだった。流行り始めたばかりの頃は「さては麻疹《はしか》に違いない」と誰もが青くなったけれど、最後まで麻疹特有の発疹《ほっしん》が現れない。流行り始めてひと月経つと、世間はその病を「厠風邪」と呼び出した。

幸い、厠風邪は薬の効かない死病ではなかった。文治だってかかったけれど、薬を呑んで五日ほど厠と寝床を行ったり来たりしただけだ。夏の大雨がなかったら、死者はほとんど出なかっただろう。

流行病で多くの死者が出るときは、別の災難が背後にある。去年は大雨で家を流され、狭いお救い小屋で寝起きしている者が大勢いた。「厠風邪」はあちこちのお救い小屋から燎原《りょうげん》の火のように広まったのである。

家を流され、身内を失った人々は最初《はな》から病と闘う気がない。食事や薬が不足したのも手伝って、次々に人が死んでいった。それがさらに広まって、子供や身重《みおも》の女、その日暮らしの者たちも少なからず命を落とした。

逆に言えば、若くて丈夫な男であれば本来死なないはずの病だ。栗山大悟は厠風邪ではなく、働き過ぎで死んだのだろう。

「父親は隠居していたから、大悟が死んだ栗山家は御役御免ということになる。いつ組屋敷を出ていくんだと吟味方の連中に尋ねられ、ついに弟が嚙みついたんだと」

――兄上を殺しておいてその言い草は何だ。かくなる上は、町奉行所内で行われている非道を瓦版に書き、広く世間に知らしめてやる。

大悟をこき使った連中はそれを聞いて慌てたらしい。末次郎の口をふさぐにはどうすればいいかと話し合い、上に「栗山家は長く忠勤に励んだので、次男の出仕を差し許して欲しい」と願い出たとか。

「父親はそれで納得したが、弟は違う。兄貴を知っている連中は、出仕した末次郎の顔を見て揃って肝を潰したのさ」

含みを持たせた言い方に文治は「はてな」と首をかしげる。

大悟の葬式に出ていれば、末次郎の顔は見ているだろう。髷や恰好が変わったくらいで肝を潰すとは思えない。

「ひょっとして……前に見たときと顔そのものが変わっていたとか」

「さすがは親分、察しがいいや」

「おだてはいいから、どう違っていたのか教えてくれよ」

文治は横目で半助を睨み、末次郎の顔を思い浮かべる。

遠目にはやさしそうに見える細い目と嫌でも目を引く額の黒子……そういえば初めて会ったとき、あの男は額を押さえて言っていた。

――大丈夫さ。あたしには兄がついているから。

あの言葉の意味するところは。

「まさか、額の黒子は彫り物か」

呆然と呟けば、半助が「大当たりぃ」と声を上げた。

「兄貴が『仏の栗山』と呼ばれていたのは、人柄がいいだけじゃねぇ。額の真ん中に目立つ黒子があったからだ。てんで似ちゃいねぇ弟は、死んだ兄貴と同じところに入れ黒子をしたんだと」

末次郎と顔を合わせるたび、嫌でも黒子は目に入る。弟は自らの顔に傷をつけ、「己の罪を忘れるな」と無言で訴えているらしい。

「見た目はなよなよしているが、いい度胸をしているぜ」

半助はうれしそうに笑ったけれど、文治は身震いしてしまった。

彫り物は普通、人目に付かないところに入れる。まして額の真ん中は急所中の急所である。何かひとつ手違いがあれば、命の危険もあるだろう。むこうみずな振る舞いに他人事《ひとごと》ながら肝が冷えた。

「だから、同心連中は弟に何も言えねぇって訳だ」

年寄りは話を締めくくり、空になった徳利を振る。文治は疲れた声で「おかわり」と告げた。

それからさんざん迷った末に、今日、理久を訪ねることにした。

本銀町の木村の住まいは八丁堀よりもこぢんまりしていた。この辺は空き家が少ないから、適当なものがなかったのだろう。庭に咲いている白い花が通りの先までよい香りを漂わせていた。

「これは親分さん。病人ですか」

来客が十手持ちと知り、生真面目そうな弟子が前のめりになる。文治は苦笑しながら手を振った。

「そっちの用件じゃありやせん。御新造さんにお会いしたいんでさ」

「あ、そうですか」

弟子はほっとした顔で「どうぞこちらへ」と奥へ誘う。その後ろを歩きつつ「先生は」と尋ねれば、

「外出中です。重病の方は私の手に負えませんので、親分の顔を見たときはどうしようかと思いました」

道理で弟子の顔が強張っていた訳である。文治は無言でこめかみを掻いた。

仮にそういう用件なら、こっちは息を切らせて駆け込んでくるだろう。相手をよく見るべきなのは十手持ちや戯作者に限らないようだ。

こんなに察しの悪い男が立派な医者になれるのか……。

文治が失礼なことを思っている間に、「御新造さん、文治親分です」と弟子が障子ごしに声をかける。すぐさま、「どうぞお入りください」と返事があった。

「突然お邪魔をして申し訳ありやせん」

「いいえ、お久しぶりですね。お訪ねくださってうれしいわ」

理久は通りから見えた白い花を活けていたところだったらしい。花器の向きを直してから、こっちを向いて居住まいを正す。

甘い香りがあふれる座敷で、文治はぴんと背筋を伸ばした。

「この花はめっぽういい匂いがしやす。何というんですか」

「白木蓮《はくもくれん》というのよ。つぼみを摘み取って乾《ほ》すとお薬になるそうだけれど、花を咲かせないなんてかわいそうでしょう」

「そ、そうですね」

文治には花より薬のほうがはるかに大事に思えるけれど、おっとりと言われたら異を唱えられなかった。

理久とお仙は同じくらいの年だと思うが、子を産んでいないせいか、忙しく働いていないせいか、理久のほうがはるかに若く見える。抜けるように色が白く、涼しげな一重の目の回りにはしわやたるみが見られない。十年前、初めて理久に会ったときから年を取っていないようだ。

久しぶりに理久を見て、文治はすっかり上がってしまった。

「今日はどうなさいました」

こっちがぼうっとしている間に、相手のほうから切り出される。

これから理久にする話は恐らく不愉快なものだろう。しかし、言わない訳にはいかないと文治は膝の上でこぶしを握った。

「実は、お尋ねしてぇことがありやして」

「何でしょう」

話の先を促しつつ、理久は心持ち目を伏せる。

「私にお答えできることなら、何なりとお話しします。けれど、塚越に関わることでしたら、お役に立てないと思います。私は夫が何を考え、何をしようとしていたのか、誰よりわかっておりませんから」

自嘲めいた言葉を聞き、文治は塚越が殺された三年前を思い出した。

――夫が、塚越慎一郎が不正を働いていたなんてあり得ません。何者かの罠にはめられたのです。なにとぞ、よくお調べになってくださいませ。

塚越が大店から強請り取った金の控えを文治に突きつけられても、理久は涙をこぼして与力の久保寺に訴えた。

けれど、若い与力は無情だった。

――さらに調べれば、夫の罪を天下に知らしめることになる。妻の身で、もの言えぬ夫の面目を潰すつもりか。

その場にいた文治は打ちのめされる理久を見ていることしかできなかった。

文治だって長い間、塚越を腕利き同心として敬い、その手先であることを誇りにしてきた。「塚越の旦那に殺されかけた」とお加代に打ち明けられていなければ、理久と一緒に「旦那は無実だ」と訴えていたかもしれない。

そして信じていたからこそ、文治は塚越を許せなかった。

悪党を捕えるべき同心が自らの罪を隠さんとして、手先の娘を手にかけようとするとは。辰三が何も言わずに消えたのだって、無理やり悪事の片棒を担がされたせいだろう。もしもお加代が殺されて、塚越が生き残っていたとしたら……文治はこの手でお加代の仇《かたき》を討っていたに違いない。

もっとも、にわかに受け入れ難い理久の気持ちもよくわかった。親しい身内の裏切りは人の心を打ち砕く。文治の父も母の裏切りで人生を棒に振ってしまった。

これが赤の他人なら、ひたすら相手を責めればいい。だが、だまされてなお相手をかばえば、怒りの矛先が我が身に向く。

自分がいたらなかったから、だまされたのは自分が悪いと、我と我が身を追い詰めてしまう。掏摸《すり》や盗人の女房ですら、亭主が捕えられるまで裏の顔を知らないことがままあった。

にもかかわらず、久保寺は、

——何より強請り取った金は今もって見つからずじまい。身内も責め問いをしてしかるべきところなれど、あえて見逃してやっておる。案外、あの御新造が一番得をしたかもしれぬぞ。

泣き崩れる理久の姿を見ても、陰でそんなことを言った。

とびきりできた妻がいるのに、どうして旦那は金を強請ったりしたのだろう。男が大金を使うと言ったら、女遊びか博奕《ばくち》が相場だ。

しかし、塚越は堅物で通っていたし、強請り取られた金は十年で二千両にも及ぶ。よほどの放蕩《ほうとう》をしない限り使い切れるものではないが、塚越本人に金を使った様子はない。だから、久保寺は「あの御新造が一番得をした」と言ったのだろう。

あれから三年——理久には言いたくなかったけれど、腹をくくって口を開く。

「御新造さんは栗山末次郎という同心をご存じですか」

「ええ、知っております。何度もお見えになっていますから」

「何ですって」

栗山はすでに理久にもちょっかいを出していたらしい。文治が「あの野郎」と呟けば、理久が目をしばたたく。

「お二人の間で何かあったのですか」

「何かあったどころじゃございません。御新造さんに何と言って近づいたのか知りやせんが、あの男には二度とお会いにならねぇでくだせぇ」

「あいにく、それはできかねます」

「奴は塚越の旦那やうちの親分のことを嗅ぎ回っているんですぜっ」

「はい、存じております」

「それなら話は早《は》ぇ……えっ」

予想外の返事を聞いて文治の目が丸くなる。嫌な予感が込み上げて、恐る恐る理久に尋ねた。

「あの、御新造さん。栗山って人は」

「塚越の死について調べているのでしょう。初めてここにいらしたとき、私からもお願いしました。塚越がなぜ、誰に殺されたのか、ぜひ突き止めていただきたいと」

ためらうことなく断言されて、文治は凍りついてしまう。

では、塚越が大店を強請っていたことも栗山はすでに知っているのか。上目遣いにうかがえば、聞きたいことを察したらしい。理久は苦笑してうなずいた。

「私の知っていることは、すべてお話ししてあります」

「何だってそんなことをなすったんですっ。あの男はうちの親分や旦那のことを戯作のネタにする気なんだ。そんなものが出回れば、理久様だって世間から白い目で見られるんですぜ」

「夫の死の謎がわかるなら、私はどうなっても構いません」

すべて覚悟の上らしく、理久にうろたえる様子はない。

文治はごくりと唾を呑んだ。

まさか、今でも塚越は無実だと信じているのだろうか。打ちのめされる姿を見て、お加代が殺されかけたことを理久に伝えていなかった。もっと早く教えておけば、ここまで引きずらなかったのか。

一緒になったきっかけはどうあれ、理久はすでに木村長明の妻である。死んだ前夫にこだわるのは木村に対する裏切りだろう。舌打ちしそうになったとき、文治はまた実の父を思い出した。

逃げた女房を思い切ることができぬまま、酒に溺れて仕事も辞めた。果ては「おめぇがぼんやりしているから」とか「おめぇに愛想を尽かして、おっかぁは出て行ったんだ」と、幼い文治に当たり散らした。

どんなにつらい出来事でも、それが真実なら受け止めるべきだ。でなければ、父のようにすべてを失う。

文治は大きく息を吸った。

「そういうことなら、おれの知っていることをすべてお話しいたしやす。ですから、栗山様に塚越の旦那やうちの親分について調べるのを止めるように言ってくだせぇ」

「せっかくですが、それはできかねます」

あっさり理久に断られ、文治は情けない声を出した。

「そ、そりゃ、どうして」

「文治さんから何を聞いても、私は信じられませんから」

面と向かって「信じられない」と言われることが、これほど堪《こた》えるものだとは。文治がぎりりと奥歯を嚙めば、理久が小さく頭を下げる。

「失礼なことを言って、ごめんなさい。ですが、文治さんを真面目で正直な方だと思えばこそ、余計信じられないんです」

「そりゃ、どういう意味でしょう。おれは頭が悪いんで、ちゃんとわかるように言ってくだせぇ」

とまどう文治から目をそらし、理久は床の間の白木蓮を見た。

「私はずっと、塚越慎一郎を立派な定廻り同心だと信じていました。受け取るいわれのない金は決して受け取らず、誰よりも仕事熱心で誠実な人だと……それが偽りだと言われた日から、己の目が信じられなくなったのです」

どんなに評判のいい人でも、立派な人だと感じても、「表向きだけではないか」と勘繰ってしまう。ことさら相手を悪く見る自分が嫌だと理久は言った。

「塚越が死んで三年、少しは気持ちも落ち着きましたが……この場で文治さんからどんなお話をうかがっても、栗山様に手を引かせたい一心の作り話としか思えないのです」

塚越の死を調べることは南町奉行所で禁じられている。文治はお上の意を汲んで、栗山の邪魔をしようとしているに違いないと。

「今さら夫が無実だなどと言うつもりはありません。ですが、なぜ大金を必要としたのか知りたいんです」

「おれの言うことは駄目で、どうして栗山様なら信じられるんです。戯作者なんて口から出まかせ、千三《せんみ》つの商売じゃねぇですか」

「栗山様は塚越と関わりのなかった方ですから。それに南町奉行所に恨みを持っていらっしゃるので、差し支えのあることでも嘘をついたりしないでしょう」

理久は栗山の身に起こったことを承知しているらしい。色白の顔に今日初めて笑みを浮かべた。

「私は跡継ぎの産めない不出来な妻でした。『強請り取った二千両の使い途がわからない』と久保寺様からうかがったとき、そんな馬鹿なと思う傍ら、夫には女がいたのかと思ったのです」

自分が跡継ぎを産めないから、夫を満足させられないから、性悪女《しょうわるおんな》に溺れて金を貢いでいたとしたら……自分と一緒にならなければ、塚越は役目を全うできた——理久は頭の片隅でそんな考えを抱いたらしい。

ところが、その考えは戯作者崩れの同心に一蹴《いっしゅう》されたという。

「吉原《よしわら》の花魁《おいらん》を根引きでもしない限り、そこまで金はかからない。それに塚越は女遊びをしている暇などなかったはずだとおっしゃって……私は心底ほっとしました」

かすかに頬を赤らめられて、文治の口の奥がざらついた。

夫が二千両もの大金を強請り取ったことよりも、その金の使い途が妻にとっては気がかりらしい。

隠し事をするのは必ずしも己のためとは限らない。相手のことを思いやり、隠すこともままあるものだ。

文治は理久に「考え直してくだせぇ」と頭を下げた。

「御新造さんはもう塚越の旦那の妻じゃねぇ。本道医、木村長明先生の妻でしょう。もう旦那のことは忘れてくだせぇ」

「ならば、うかがいます。文治さんが私の立場なら、忘れることができるのですか」

考えたこともない問いかけに文治は大きく目を見開く。

自分と理久とでは男女の別ばかりか、生まれも育ちもまるで違う。「立場を入れ替えて考えてみろ」と言われたって、途方に暮れるばかりである。しかし、思ったままを口にすれば、

「だったら、黙っていてください」とそっぽを向かれてしまいそうだ。忘れるように努めやすい知恵を絞った末、「おれが理久様なら、忘れることができなくても、忘れるように努めやす」と返事をした。

「そうでなきゃ、木村先生にすまねぇじゃありやせんか」

「これから先何があろうと、私が塚越の妻であったことに変わりはありません。木村は何もかも承知の上で、私を後添いに望みました。私に不満があるのなら、離縁すればいいのです」

いつも決して出しゃばらず、夫の後ろに控えていた人妻の言葉とは思えない。死んだ塚越も草葉の陰できっと驚いているだろう。

今目の前にいる理久は、文治の知らない理久だった。

四

暦が五月になったとたん、江戸からお天道様が消えた。お仙は表に目をやって腰に手を当ててひとりごちる。

「去年の夏も雨が続いて、いろいろ往生したってのに。今年も同じになるのかねぇ。つくづく嫌になっちまうよ」

そして五ツ（午後八時）を過ぎたところで、手伝いのお駒《こま》に声をかけた。

「今日はもう終わりにするから、どうぞ帰ってくださいな。明日もこんな天気なら、手伝いに来なくていいですよ」

「おっかさんの言う通りよ。お駒さんに働いてもらうほど客なんて来やしないから、雨のときは家でのんびりしてちょうだい」

母の言葉を引き取って、お加代も勢い込んで言う。大工や人足、行商人は雨だと仕事にならないため、「たつみ」のような一膳飯屋は客足が一気に落ちるのだ。

今年で五十になるお駒だが、女にしては背が高く、身体つきもがっしりしている。わかりやすく言い換えれば、文治を女にして年を取らせたような見てくれだ。ただし中身は大違いで、たいそうしっかり者だった。

やることは何でも手早いし、料理も玄人《くろうと》はだしである。おまけに「給金はいらない」と言われては、こっちのほうが恐縮する。

客が少ないときくらい休んでもらいたかったのに、お駒は鼻の穴を膨らませた。

「何だい、二人とも。あたしが手伝いに来るのは迷惑だって言うのかい」

「とんでもない。心からありがたいと思っていますよ」

「お駒さんがいなかったら、この店は二年前に潰れていたかもしれないもの」

母とお加代が揃って首を横に振れば、相手は満足そうにうなずく。とはいえ、お加代はお駒のことをいささか煙たく思っていた。

二年前、正月飾りが取れたとたんに、母のお仙が熱を出した。父が姿を消してからの疲れがまとめて出たせいか、三日、五日と時が過ぎても病の癒える兆しは見えない。母の看病と店のことでお加代が思い悩んでいたとき、近所に住んでいるお駒が手伝いを申し出てくれた。

――あたしたち夫婦は辰三親分に恩を受けているからね。なに、困ったときはお互い様さ。

お駒の亭主の平作《へいさく》は盗みの疑いをかけられて、相生町の仁吉に捕えられたことがある。ひとり息子の勇作《ゆうさく》は蔵前《くらまえ》の札差で手代をしており、奉公先のお嬢さんと縁談が持ち上がったばかりだった。

事情を知った辰三は、盗みの一件が「勇作の足を引っ張るために仕組まれたものだ」と突き止めた。それからというもの、お駒夫婦は父を恩人として敬っている。父が姿を消したときもずいぶん心配してくれた。

義理堅いお駒の手助けで、母は病が癒えるまで十分養生ができた。それ以来、「無理をして身体を壊しては元も子もない」と、毎月三日は休みにしている。

そのくせ、母は休みの朝に決まってひとりでどこかへ出かける。お加代は行き先が気になったけれど、必ず昼前に戻るので問い質すのも気が引けた。

母は自分を産んでから店と子育てに追われてきた。たまにはひとりでぶらぶらと出歩きたくなるだろう。

一方、お駒は母が働けるようになってからも店の手伝いを続けたがった。

——あたしは根っから貧乏性で、働いていないと落ち着かないのさ。給金なんざいらないから、どうか使っておくれでないか。

聞けば、札差の若主人となった倅から「金は渡すから働かないでくれ」と言われているらしい。

倅にすれば孝行半分、残り半分は「札差の婿の親が他人に使われていては体裁が悪い」というところだろう。植木屋をしていた平作は倅の申し出を喜んだが、お駒は暇を持て余す暮らしが性に合わないようだった。

——ここは親分さんの身内の店だし、金を取らない人助けなら倅もとやかく言えないさ。この先も辰三親分への恩返しを続けさせておくれ。

気持ちはありがたいけれど、お加代は正直落ち着かなかった。父はお駒が思うほど立派な人ではない。

もしもお駒がそれを知ったら、果たして何と言うだろう。そんな思いが頭にあるため、常に遠慮が先に立つ。

こっちの気持ちを知らないお駒は再度念を押した。

「それじゃ、天気にかかわらず明日もまた来るからね」

「ええ、ありがとう」

「気を付けて帰って」

お駒の姿が消えるなり、母はしみじみ呟いた。

「この空模様じゃいつになったら晴れるのか、わかったもんじゃない。だから、あたしが一刻も早く祝言を挙げたほうがいいって言ったんだよ。あんたも文さんも揃ってぐずぐずしているんだから」

いきなり祝言の話になり、お加代は目を白黒させた。

「おっかさん、無茶を言わないでよ」

「何が無茶だい。あたしの嫁入りの着物は袷《あわせ》だって知っているだろう。暑くなって苦労するのは、あんたなんだからね」

だからと言って、着物に合わせて祝言の日取りは決められない。いっそ裏を取って単衣《ひとえ》にするか、涼しくなるまで待てばいい。

しかし、そんなことを言おうものなら母はますます角《つの》を出す。お加代は言い返したいのを我慢して、手の中の布巾をぎゅっと絞った。

母からは繰り返し「文治と一緒になれ」と言われてきたが、近頃の強引さは目に余る。それに今、文治とお加代は祝言どころではなかったのだ。

――栗山の旦那は理久様に頼まれて、親分や塚越の旦那のことを探っていやがる。

二月《ふたつき》前、文治から話を聞いたときはどれほどびっくりしたことか。理久は夫の無実を信じたいのかもしれないが、お加代は殺されかけている。無慈悲に首を締め上げる力の強さは忘れられるものではない。

母にも一度相談したが、

——御新造さんには木村先生がついてんだもの。尻の青いあんたや文さんが案じるようなことじゃないさ。そんなことより、我が身の心配が先だろう。

とんだ藪蛇になって以来、母の前で理久のことは口にしないようにしている。お加代は無理やり話を変えた。

「今夜はお通夜《つや》をするのにちょうどいい天気よね。暑いと仏様の傷みが早くて、いろいろ大変だっていうもの」

降り続く雨のせいで肌寒いくらいだと言えば、母は苛立ちと困惑が入り混じった顔をする。

「どうしたの」と尋ねれば、人差し指を突きつけられた。

「いいかい、鳴海屋《なるみや》さんでは口が裂けてもそんなことを言うんじゃないよ。旦那が急に亡くなって、若い御新造さんは気落ちなすっているんだから」

「言われなくてもわかっているわよ」

お加代が口を尖らせれば、すかさずじろりと睨まれる。

「どうだか。『本日は通夜日和《びより》で本当によろしゅうございました』とか言い出しそうで、あたしゃ気が気じゃないよ」

「失礼ね。あたしだって時と場所くらいわきまえているわ」

「ぜひとも、そうしてもらいたいね。さてと、それじゃ出掛けようか。もたもたしていると、木戸が閉まっちまうからね」

早めに店を閉めたのは客が少ないからだけではない。小舟町《こぶなちょう》にある乾物屋、鳴海屋の通夜に行くためだった。

母は店で使う乾物を鳴海屋から買っている。おまけに近所に住んでいて不義理をするのは許されない。それは重々わかっていても、お加代の腰は重かった。

「やっぱりおっかさんがひとりで行ってよ。あたしは留守番をしているから」

「今さら何を言ってんだい。気が進まないのはお互い様さ。それに誰でも亡くなったら、仏様になるんだからね」

鼻息荒く言い返されて、それ以上は言えなくなった。

昨日亡くなった鳴海屋の主人、茂兵衛《もへえ》はやり手の商人《あきんど》だったが、だからというか、あいにくというか、女癖が悪かった。父が姿を消してからはお加代ばかりか母にも色目を使い出し、いつも文治に睨まれていた。

「お店のほうはどうなるのかねぇ。茂兵衛さんは困った人だったけど、ものを見る目はあったのに」

「御新造のお菊《きく》さんは鳴海屋に来て三年目でしょう。元は料理屋の仲居だったというから、乾物商いはわからないわよね」

思案顔の母にお加代もさっそく同意する。

茂兵衛は女出入りが激しかったにもかかわらず、子供はひとりも授からなかった。というより、跡継ぎがなかなかできないせいで女遊びが過ぎたのか。

成り上がった男ほど己の血を残したがると誰かが言っていた気がする。我が子を熱望するあまり、茂兵衛はお菊の前の三人の妻を「子ができない」というだけで次々離縁していたのだ。

「茂兵衛さんは四十五だから、子ができる望みがない訳ではなかったけど……今から跡継ぎを迎えるのなら、いっそ子のいる夫婦養子がいいかもね」

余計なお世話と知りながら、あれこれ言うのは女の性《さが》だ。母の考えにお加代は「駄目よ」と言い返した。

「後添いのお菊さんはまだ二十五くらいでしょう。夫婦養子なんか迎えたら、店に居場所がなくなっちまうわ」

「旦那が亡くなったんだもの。子のないお菊さんは黙って去るしかないだろう」

「せっかく玉の輿に乗ったのに」

「だからこそ、出て行くしかないんだよ。最初の御新造さんみたいに大店の娘なら、話は違うだろうけどさ」

二人目の妻を離縁すると、まともな家の娘は鳴海屋との縁談を拒むようになった。そこで茂兵衛は器量よしで知られた水茶屋の娘と一緒になったが、三年経っても子ができないとやはり店から追い出した。茂兵衛がお菊を嫁にしたのはその半年後のことである。

「女房と畳は新しいほうがいいって言うけど。茂兵衛さんは女を蔑《ないがし》ろにしたから、子供を授からなかったのよ」

お加代が怒って吐き捨てれば、母がうつむいて額を押さえる。

「……お願いだから、鳴海屋さんで余計なことを言うんじゃないよ」

再度の念押しに、お加代は「はぁい」と返事をした。

雨は一時より小降りになったが、地べたのあちこちに水たまりができている。うっかり転びでもしようものなら、後の始末が大変だ。母とお加代は右手に提灯《ちょうちん》、左手に傘を持って歩き出した。

「あんたはそそっかしいから、あたしの後をついといで。くれぐれも泥を撥ね上げたりしないでおくれよ」

「言われなくてもわかっているわよ。おっかさんこそ後ろに泥を撥ね上げないでよ」

毎度おなじみのやり取りが道すがらに口をつく。時刻のせいか、雨のせいか、通りは誰も歩いていない。お加代はしごきで持ち上げた着物の裾を気にしながら、前を行く母に話しかける。

「十日前、小豆《あずき》を買いに行ったときは元気そうに見えたのに。年甲斐もなく床《とこ》で張り切りすぎたのかしら」

「嫁入り前の娘が何てことを言うんだい」

「いつもは年増だ何だってうるさいくせに」

「あんたって子は本当に口が減らないんだから」

母はきっと傘の向こうで渋面を作っているのだろう。その表情を思い描き、お加代は含み笑いをする。

そして、昨日が端午《たんご》の節句だったことを思い出した。

「子供を欲しがっていた鳴海屋さんが五月五日に亡くなるなんて、皮肉な話ね」

「それ、鳴海屋さんでは」

「言う訳ないでしょう。少しは自分の娘を信じなさいって。それより立ち止まらないで歩いてよ」

いきなり振り返った母に驚き、お加代は大声で文句を言う。提灯を手に足元を見て歩いているため、急に立ち止まられると危ないのだ。今度ばかりは娘の言い分を認めたらしく、母は再び歩き出す。

「あたしは子供を欲しがった鳴海屋さんの気持ちがわかるよ。どんなに店が大きくなっても、受け継ぐ人がいなくっちゃ空しいだけだからね」

母は軽く咳払いをして、もっともらしいことを言う。お加代はその後ろでそっと顔をしかめた。

あれだけ女に手を出して誰ひとり身籠《みごも》らなかったのだ。気の毒だが、茂兵衛には子種がなかったに違いない。にもかかわらず、その責めを妻たちに押し付けた。

昨日急に亡くなったのは、石女《うまずめ》の汚名を着せられた女たちの呪いじゃないか。とはいえ、思ったことを口にすれば、またぞろ母に怒られる。

お加代はまたもや話を変えた。

「そういえば、お菊さんは前の御亭主とも死に別れだって聞いたことがあるわ。二度も御亭主を亡くすなんて男運のない人ね」

「人なんて、いつ、何があるか、わかったもんじゃない。あんたもその辺りをよく考えないと」

何となくぴんと来て、お加代は続きを言われる前に口を開いた。

「だから、命があるうちにさっさと祝言を挙げろなんて言わないでちょうだいよ。文さんは石田の旦那に特別な御用を言いつけられているんだから」

「本当に旦那の御用だか、わかったもんじゃない」

「どうしてそんなことを言うの」

「あんたがあたしの前で御用のことを根掘り葉掘り聞かないからさ」

返ってきた母の言葉に内心ぎくりとする。石田の用というのは表向きで、文治は栗山の動きを見張っていた。

「あたしだって自分の年は十分わかっているってば」

「だったら、もう少し慌てたらどうなんだい。このまんまじゃ、いたずらに年を取るばかりだよ」

前を行く母の傘から、いつもと同じ声がする。

雨で人通りがないとはいえ、通夜に行く道すがらにするような話じゃないだろう。時と場所をわきまえないのは、おっかさんのほうじゃないの。

見えないのをいいことにお加代が歯を剝き出せば、

「二十歳にもなって、みっともないよ」

「どうしてわかったの」

すかさず母に窘められて、お加代は目を丸くする。

今度は笑い声がした。

「あたしはあんたが生まれる前から、あんたのおっかさんなんだ。見えなくたって、どんな顔をしているかはお見通しさ」

「……だったら、あたしの気持ちだってわかるはずでしょう。あんまり急かさないでちょうだいよ」

見えないものがわかるなら、思いもわかるに違いない。雨音にまぎれるくらい小さな声で呟いたとき、母が再び振り向いた。

「あんたの気持ちがわかるから、尻を叩いているんじゃないか。男と女なんてもんは、正直にならないといけないときもあるんだよ」

「その言葉、あたしじゃなくて文さんに言ってよ」

栗山が理久の頼みで動いていると知ったときから、文治の頭は理久のことで一杯らしい。そんな相手に「いつ祝言を挙げるか」なんて、女の口から聞けるものか。

「おまえも難儀な性分だね」

母はそう言って前を向き、これまでよりも足を速めた。


鳴海屋の表には竹の簾《すだれ》が裏返しにかけられ、「忌中」の張り紙がしてあった。すでに時刻が遅いせいか、他に通夜の客は見えない。それでも、店の軒下には手代がぼんやりたたずんでいた。

「遅くなってすみません」

簾の陰で傘を閉じ、母が手代に声をかける。突然の不幸でずっと走り回っていたのだろう。手代は疲れた様子で頭を下げた。

「これは、『たつみ』の女将さん。お加代さんもよくお越しくださいました。なにぶん急なことでいろいろとご迷惑をおかけしますが、これからも鳴海屋をどうかよろしくお願いします」

「それはこっちの台詞《せりふ》ですよ。このたびは本当にご愁傷様でございます。旦那はどこかお悪かったんですか」

母の問いに手代は大仰に手を振った。

「とんでもない。主人は人一倍丈夫な性質《たち》で、厠風邪が流行ったときもひとりぴんしゃんしていたんです。どうしてこんなことになったのか、奉公していた手前どもが一番びっくりしております」

「それじゃ、何の病で」

「木村長明先生は卒中《そっちゅう》だとおっしゃっておられました」

では、年甲斐もなく閨《ねや》で頑張りすぎたせいではなかったのか。指折りの名医が死の診立てを誤るとは思えない。

大変失礼いたしましたと、お加代は腹の中で茂兵衛に謝った。

「この先、店はどうなるのか……あ、どうぞこちらでございます。傘はそのまま立てかけていただいてけっこうですから、先に足をお拭きください」

番頭がこっちを見たとたん、手代は慌てて奥に案内しようとする。お加代は濡れた足を拭き、しごきで上げていた着物を直した。

通された母屋の座敷には、北枕の亡骸が横たわっていた。

すぐそばには白髪の年寄りが白喪服姿で座っている。顔がどことなく茂兵衛と似ている気がするので、きっと身内のひとりだろう。突然の不幸だと、近所に住んでいる身内しか駆けつけることができないのだ。

だが、その年寄りは茂兵衛の死をあまり悲しんでいないようだった。さすがに笑ってはいないものの、まるで自分が鳴海屋の主だと言わんばかりにふんぞり返っている。お加代は目元を険しくして御新造に目をやり――うっかり声を上げかけた。

夫を亡くしたばかりの妻をまるで支えるようにして、理久が隣に座っている。ただの弔問客ならば、身内と並びはしないだろう。今まで知らなかったけれど、理久は鳴海屋と縁があるのか。

お加代が無遠慮に見つめていると、鳴海屋の御新造が嗚咽《おえつ》を漏らした。

「お菊さん、しっかりしてちょうだい。いくら泣いたって、茂兵衛さんは生き返ったりしないんですから」

「……申し訳、ありません。うちの人がいなくなるなんて思ってもみなかったものですから……これから、あたしはどうすれば……」

理久に背中をさすられながら、お菊は涙を拭いている。肩の震えはなかなか止まりそうもなかった。

頼みの夫に先立たれ、気が動転しているらしい。見るからに憔悴《しょうすい》しきっていたが、茂兵衛が見初めた美しさは損なわれていなかった。むしろ、ただならぬ色気がしたたり落ちているようだ。

色白の理久とやつれたお菊が悲しみの中で寄り添う姿は、不謹慎かもしれないが男にとっては眼福だろう。しかし、白喪服の年寄りは横目で二人を睨んでいる。

何であんな目で見るのかしら。

あれこれお加代が考えている間に、母がお菊に頭を下げる。

「御新造さん、このたびは突然の御不幸でさぞかしお力をお落としでしょう。あたしにできることがあれば、何なりとおっしゃってくださいまし」

「お忙しいところ、よく来てくださいました。手前は茂兵衛の叔父で、深川佐賀町で干鰯《ほしか》問屋を営んでおります相馬屋和平《そうまやわへい》でございます。茂兵衛の嫁がお見苦しいところをお見せして、身内として恥ずかしい限りです」

すかさず挨拶を返したのは、お菊ではなく年寄りだった。母は怪訝な顔をしたものの、相馬屋のほうに向き直る。

「いいえ、長患いだったというならともかく、あまりにも突然でしたもの。御新造さんが取り乱すのは無理もないことですよ」

「さて、腹の中はどうですか。さっさと死んでくれて助かったと舌を出しているかもしれません。なまじ年を取ってしまえば、次の男を見つけにくくなりますから」

悪意を隠さない相馬屋に母とお加代は息を呑む。

仮にも甥《おい》の通夜の席で言うべき言葉ではないだろう。お加代が不快に思ったとき、理久が尖った声を上げた。

「茂兵衛さんがさっさと死んでくれて助かったと思っていらっしゃるのは、相馬屋さんのほうじゃありませんか。お菊さんに子供ができたら、鳴海屋を乗っ取ることが難しくなりますもの」

「何だとっ」

「前に茂兵衛さんからうかがったことがあります。お菊さんを迎えることにずいぶん反対されたとか」

「当たり前だっ。お菊は嫁いでたった二年で亭主に死なれた女だぞ。茂兵衛だって精気を吸われて早死にしたに決まっている」

「茂兵衛さんは卒中で亡くなったと主人が申しておりました。お菊さんのせいではありません」

あのおとなしやかな理久が癇性《かんしょう》な年寄りに言い返すとは。お加代は正直面食らったが、すぐに考えを改める。

夫の真実を知るためなら、戯作のネタにされてもいいと栗山に告げた人である。おっとりした見た目と違い、内面は激しいに違いない。

「あの、お焼香をさせてもらってよろしいですか」

刺々《とげとげ》しいやり取りが途切れた隙に、母が遠慮がちに言う。洟《はな》をすすって返事をしたのは、うつむいていたお菊だった。

「どうぞお願いいたします」

その言葉にほっとしたのは、自分だけではなかったろう。廊下で様子をうかがっていた奉公人がそっと動き出すのが見えた。

母は亡骸のそばに進み、焼香をして手を合わせる。お加代もそそくさとそれに倣《なら》った。

これで用事はすんだのだから、一刻も早く退散したい。目顔で母に促せば、母も小さく顎を引く。相馬屋の言い草は気に入らないが、今は理久と関わりたくない。

「それじゃ、あたしたちは失礼します」

母が頭を下げたとき、バタバタという足音と共に木村長明が現れた。

「遅くなって申し訳ない。おや、お仙さんとお加代さんも来ていたのか」

「はい、鳴海屋さんには昔からお世話になっていますから。木村先生こそ、今までどちらに」

「芝《しば》のほうで急病人が出て呼ばれておった。なに、たいしたことはなかったが、季節の変わり目は病をこじらせやすいからな。二人も気を付けたほうがいい。文治親分にもそう言っておいてくれ」

医師は朗《ほが》らかに言ってから、坊主のように剃りあげた頭を右手でつるりと撫《な》でる。

八丁堀にいた頃より、本銀町から芝までは遠い。それでもわざわざ呼ばれるなんて、さすがは名医と評判の木村長明先生だ。お加代は改めて感心しながら、妻の隣に座った医師を頭の先からじっくり見つめた。

年の割には背筋が伸び、肌はつややかで張りがある。とはいえ、目尻にはしわが寄り、腹は見事な布袋《ほてい》腹だ。人柄がよく金はあっても、見た目はいいとは言い難い。死んだ塚越は父には負けるが、すらりとしたいい男だった。理久が木村との縁談を嫌ったのは、案外見た目のせいかもしれない。

そのとき、「木村先生」と相馬屋が言った。

「じきに木戸が閉まります。わざわざお越しいただきましたが、どうぞ御新造さんとお帰りください」

邪魔だと言わんばかりの声にお菊は理久に縋《すが》りつく。理久はお菊の肩を抱き、すぐさま相馬屋に言い返した。

「お菊さんをひとりにはできません」

「この先は身内だけで通夜をさせてもらえませんか」

木村がそばにいるせいだろう。相馬屋がさっきよりは丁寧な口を利く。だが、その表情は殺気立ち、目尻は吊り上がっている。お加代たちは座敷を出られず、その場で息を殺していた。

「身内だけになったとたん、お菊さんに『葬式がすみ次第、出て行け』と言うつもりでしょう」

「手前は死んだ茂兵衛の叔父です。関わりのない方は余計な口出しを控えて欲しいもんですな」

「私は関わりありませんが、茂兵衛さんの妻はお菊さんです。夫が亡くなった今、店を受け継ぐべきは妻に決まっています」

間髪を容《い》れずに言い切った理久を見て、お加代は目をしばたたく。

お菊は茂兵衛と長年連れ添った訳ではなく、店のことなど何も知らない。元は料理屋の仲居というから実家の後ろ楯もないはずだし、たいした学もないはずだ。そんな人に鳴海屋を支えることができるのか。

相馬屋も同じことを思ったらしく、たちまち声を荒らげた。

「こんな馬の骨に鳴海屋の身代が背負えるものか。だいたい妻といったって、子を産ませるための道具に過ぎん。茂兵衛が生きていたとしても、何年もしないうちに追い出されたに決まっておる」

「さて、それはどうかな」

年寄りとは反対の木村の穏やかな声がした。

「茂兵衛さんだっていつまでも若い女を追いかける元気はないさ。お菊さんを最後の妻にしたいとかねてから言っていた」

よほど意外だったのか、相馬屋が目を剝き出す。

「どうして茂兵衛が先生に……いい加減なことを言わんでくれっ」

「年の離れた妻を持つ者同士、そこそこ親しくしておったのでな。相馬屋さんには迷惑だろうが、わしもお菊さんの後見として出しゃばらせてもらおう」

苛立つ相手をものともせず、医師はきっぱり言ってのける。相馬屋は無言で立ち上がると、足音も荒々しく座敷を出て行った。

「あのそれじゃ、あたしたちは失礼します」

気まずい静けさの中、母が再び声を上げる。お菊が泣きながら頭を下げた。

「あたしがだらしないばっかりに、理久様や木村先生にご迷惑をかけて……お仙さんたちにも嫌な思いをさせてしまって、本当に申し訳ありません」

「いえ、気にしないでください」

「相馬屋さんに負けちゃ駄目ですよ」

お加代はうっかり調子に乗り、母に背中を叩かれる。理久はじっと母を見つめ、「お久しぶりですね」と微笑んだ。

「それなのに、みっともないところをお見せして恥ずかしいわ。お二人ともお元気そうで何よりです」

「はい、おかげさまで。変わりなく過ごしております」

「私の身の上はずいぶんと変わってしまいましたが……辰三さんがいなくなっても、変わりなく過ごせるお仙さんがうらやましいわ」

何となく棘《とげ》を感じさせる言葉にお加代はむっとしてしまう。母は「木戸が閉まってしまいますから」と娘の背を押して鳴海屋を出た。

「あの理久様が人目もはばからずに言い合いをするなんて。この目で見ても、まだ信じられないわ」

雨の中を歩きながら、お加代は二、三度首を振る。自分の知る理久はいつも塚越の後ろで静かに微笑んでいた。前を行く傘の下から、「そうだね」という声がする。母も驚いているらしい。

「でも、塚越の旦那があんなことになったんだもの……人が変わったとしても、おかしくないだろう」

「そりゃ、そうだけど」

久しぶりに会った理久からは敵意のようなものが感じられた。

ひょっとして塚越が父のせいで強請《ゆすり》をしたとでも思っているのか。だとしたら、見当違いもいいところだとお加代は眉を撥ね上げる。

「おとっつぁんがいなくなったのは塚越の旦那のせいだってのに。恨み言を言いたいのはこっちのほうよ」

「お加代っ」

叱るように名を呼ばれ、お加代は渋々口を閉じる。暗い夜道で聞こえるのは、雨音と泥を弾く下駄の音だけだ。

ややして、母の思い詰めたような声がした。

「理久様には木村先生と幸せになっていただきたいね。あの世の塚越の旦那もそう願っているに違いないさ」

どうして母は理久の幸せを願うのだろう。自分から亭主を取りあげ、さらには娘を殺そうとした憎い男の妻なのに。

お加代は訝《いぶか》しく思ったけれど、詳しく聞いてはいけない気がした。

「ねぇ、これから鳴海屋さんはどうなるのかしら」

「さあね。あたしたちには関わりのないことさ」

「あら、鳴海屋さんの商いが変われば、うちだって困るかもしれないわ」

「そのときは仕入れ先を変えればいいじゃないか。他人様《ひとさま》のことに余計な首を突っ込むんじゃないよ」

弱まっていた雨脚がにわかに強くなり、母の声が大きくなる。すっきりしない思いのまま、お加代は母の後ろを歩き続けた。

そして五月十日の朝になって、江戸の空にようやくお天道様が顔を出した。

雨が降っているときは傘で片手をふさがれるが、青空の下では両手が使える。加えて雨が上がった後は埃っぽくないのもうれしい。張り切って買い出しに出たお加代は、卯吉の後ろ姿を見かけて足を止めた。

手籠めにされかけてから卯吉を見たのは初めてだ。見たくないのに目が離せず、お加代は慌てて塀際にある天水桶《てんすいおけ》の陰に隠れる。

ここは天下の往来だから、誰がいようとおかしくない。頭ではそうわかっていても、恐れで手足が冷たくなる。むこうは堅気《かたぎ》のような身なりをしていたが、人の性根はそう簡単に変わらない。あの卯吉が心を入れ替え、まっとうになったとは思えなかった。

いや、まっとうでなかろうと、時刻はまだ五ツ（午前八時）過ぎだ。むこうがこっちに気付いたところで何もできないに決まっている。お加代は我が身に言い聞かせたが、それでも心の臓は乱れ、身体の震えが止まらない。

お願いだから、振り向かないで。

早く見えないところへ行って。

心の中で念じながら、お加代は着物の上から胸を押さえる。そうこうするうちに卯吉の姿

が遠ざかり、すっかり見えなくなったとき、

「お加代さん、どうした。具合でも悪いのか」

心配そうに声をかけられ、お加代はびくりと肩を揺らす。振り向けば、すぐそばに木村長明が立っていた。

「顔色が悪いし、息遣いも荒い。わしの家で休んでいきなさい」

「いえ、あの、大丈夫です。すぐに治りますから」

しかし、木村は承知せず、強引にお加代を連れ帰った。ぬるめの白湯《さゆ》を勧めながら、改めて顔をのぞき込む。

「少し落ち着いたみたいだね。それにしても、さっきはたいそう顔色が悪かったぞ。一体何があったんだ」

木村はお加代に持病がないことを知っている。首をかしげる医師の前で、お加代はひたすら小さくなった。

「あの、さっきは嫌なものを見て気分が悪くなっただけなんです。ご心配をかけて申し訳ありません」

勝気な娘らしからぬ台詞に木村がますます訝しがる。お加代は急いで言い訳した。

「でも、あの、めったにあることじゃありませんから。本当に今日はたまたまで」

「そういうことなら、話をしても平気かな」

「何でしょう」

わざわざ家まで連れてきたのは、顔色が悪かったからだけではなさそうだ。お加代が白湯を飲み終えると、木村が静かに切り出した。

「実は昨日、辰三親分を見かけたんだ」

お加代は頭が真っ白になり、返事をすることができなかった。

五

五月十日の昼下がり、文治は本銀町へと無我夢中で走っていた。昼飯を食べに戻ったとき、お加代の口から信じられない話を聞いたからだ。

世間はすでに親分が死んだものと思っている。今になって現れれば、なぜいなくなったのか、どこでどうしていたのかを勘繰られるに決まっていた。

「先生、辰三親分を見たってなぁ、本当ですかい」

息を切らして医者の家に駆け込めば、幸い木村は在宅だった。文治の剣幕に弟子は怯《おび》え、事情を知る木村も苦笑している。

「いやはや、文治親分は相変わらずだね」

「申し訳ありやせん。つい気が急いて」

「おまえさんの気持ちはよくわかるよ。わしも我が目を疑ったくらいだ」

「それじゃ、本当に」

「雨で暗かったけれど、あれは辰三親分だった」

自信たっぷりに請け合われ、文治の顔から血の気が引く。よろず慎重な木村のことだ。ここまではっきり言い切るからには、よほど自信があるのだろう。

「見かけた場所は増上寺《ぞうじょうじ》のそばなんですね」

「そうだ。芝の病人を診た帰りのことでな。声をかけるべきだったが、あっと思ったときにはもう姿が消えていた」

「そうですか」

木村が声をかけていたら辰三は何と答えただろう。人違いだと突っぱねたか、それとも素直に認めたか。文治が考え込んでいたら、今度は木村に尋ねられる。

「てっきり、身内のところに戻ったものと思っていたが……まだ『たつみ』に帰っていないのか」

心配そうな声にうなずき、文治はさらに聞いた。

「親分はどんな恰好をしていやしたか」

「ごく普通の縞《しま》の着物だ。それがどうかしたかね」

「いえ」

旅姿ではないということは、いつから江戸にいたのだろう。

辰三の人相は「千手の辰三」という名ほど知られてはいない。しかし、江戸には十手持ちが大勢いる。連中はよほどの駆け出しでもない限り、「千手の辰三」の顔を知っているはずだ。

いくら芝が品川に近く、他国からの出入りが多いとはいえ、目明しやその子分が辰三に気付かないとは思えない。

そして、文治は厄介な事に気が付いた。

「あの、先生……その話を御新造さんには……」

「もちろん、理久にもすぐに教えた。無事でよかったと喜んでおったよ」

人のいい医者は笑顔で答える。文治は「何てこった」と天を仰いだ。

理久は当然、そのことを栗山にも伝えただろう。文治はこうしちゃいられないと立ち上がる。

「先生、お邪魔いたしやした」

早口に別れを告げてから、木村の家を後にした。

芝一帯を縄張りとする「芝口の助五郎《すけごろう》」は、別名「庚申《こうしん》の親分」と呼ばれている。「見ざる」「言わざる」「聞かざる」を信条とする男だから、例繰方の栗山に手を貸すとは思えないが、もしもということもある。

助五郎の女房は芝口で「いさご」という小料理屋を営んでいる。またもや息を切らして駆けつけた文治は、助五郎と茶を飲んでいる栗山を見て愕然とした。

「おや、文治親分じゃないか。やっぱり辰三親分は生きていたみたいだねぇ。あたしも本当にうれしいよ」

「栗山様……どうしてここへ」

またもや後《おく》れを取ってしまい、文治の顔が自ずと強張る。栗山はさもうれしそうに笑った。

「もちろん、辰三親分を見つけるためさ。餅は餅屋というからね。芝のことなら助五郎親分に任せるのが一番だろう」

「どうせ、おめぇも同じ用件で来たんだろうが。栗山の旦那に話を聞いて、増上寺界隈を手下に探らせているところだ。辰三が見つかり次第知らせてやるから、余計な真似をするんじゃねぇぜ」

役目違いの同心の頼みで助五郎がすぐさま動くとは。とかく腰の重い十手持ちに栗山は何と言ったのだろう。

文治は動揺を押し隠し、あえて軽い調子で言った。

「うちの親分を見たって話は木村先生から聞きやした。だが、おれは捜してくれと言いに来たんじゃありやせん。その逆でさ」

「何だって」

「木村先生はもう年だ。似たような背恰好の男を親分と間違えたんでしょう。親分が江戸に戻っていたら、真っ先に『たつみ』に帰るはずだ。それが未だにねぇってことは、人違いに決まってまさぁ」

「なに、辰三の奴には帰りたくても帰れねぇ、後ろ暗《うしぐれ》ぇところがあるだけだ」

憎まれ口を叩かれて、文治のこめかみがぴくりと動く。

長年十手を預かりながら、ろくな手柄のない目明しにそんな口を利かれるとは。目を怒らせた文治の前で助五郎が嘲笑《あざわら》った。

「でなきゃ、『名なしの幻造』に捕まって、生きていられるはずがねぇ。野郎はてめぇの命惜しさに、悪党の手下に成り下がったのよ」

助五郎は三年前、品川であった押し込みを「名なし」の仕業だと思っている。なるほど、そういう考えかと文治はようやく腑に落ちた。

「辰三をとっ捕まえれば、『名なしの幻造』の手がかりだって得られるはずだ。久しぶりに腕が鳴るぜ」

うそぶく相手の顔には、不気味な笑みが貼りついている。

かつて塚越は「定廻り一の腕利き同心」と言われていたが、その手柄のほとんどは辰三の働きによるものだった。他の同心は己の手先に「辰三を見習え」と言い続けてきたはずだ。助五郎は長い間、妬みを募らせていたのだろう。

道理で張り切っている訳だと、文治は内心舌打ちする。

「助五郎親分がいくら腕利きでも、この世にいねぇもんを捕まえるのは無理だと思いやすがね」

できるだけ淡々と言い返せば、相手は再び鼻を鳴らす。

「おめぇはどうあっても先生の見間違いってことにしてぇようだな」

「雨の中じゃ、見間違えたとしても無理はねぇ。おまけに先生はあの年だ」

「なら、どうして親分は芝に飛んで来たんだい。見間違いだと思うなら、放っておけばいいじゃないか」

栗山に横から口を挟まれ、文治は嫌な汗をかく。だが、表情は変えなかった。

「おれは助五郎親分のためを思って来たんでさ」

「どういう意味だ」

「栗山の旦那はきっと助五郎を頼ると思いやしたんで。助五郎親分、例繰方の旦那の指図に無断で従ったりしたら、北見の旦那はどう思いやすかねぇ」

助五郎は佐賀町の玉吉同様、北見陸朗から手札を頂戴している。相手は一瞬顔をしかめ、早口で言い訳した。

「別に構わねぇだろう。玉吉だって旦那の手伝いをしたんだから」

「そもそも、それがおかしいと思わねぇんですか」

「なに」

「普通なら、例繰方の旦那に捕物の真似なぞさせやしねぇ。どうして栗山の旦那にだけ勝手な真似をさせたのか。親分はその理由を考えたことがありやすかい」

言われて初めて気付いたらしく、助五郎の表情から落ち着きが消える。栗山が眉を撥ね上げた。

「文治親分はどうあっても、あたしの邪魔がしたいようだね」

「おれは何も知らない助五郎親分が気の毒だと思っただけで」

「おい、文治。もったいぶらねぇでさっさと言え。栗山様の特別扱いにはどんな理由があるってんだ」

話の見えない助五郎が不安そうな声を出す。

文治は栗山を見ながら言った。

「旦那の兄上、大悟様は周りの同心にこき使われて、町奉行所で亡くなった。跡を継ぐのを許されたのはそのことに対する詫びだったが、旦那の怒りは収まらねぇ。南町奉行所の秘密を洗い出し、戯作にする腹なのよ」

「その南町奉行所の秘密ってなぁ」

「塚越の旦那殺しについてさ」

辰三の行方を追っているのは塚越のことを聞くためだと告げたとたん、助五郎の顔色が変わった。

三年前の同心殺しは調べない——それが町奉行所の命である。にわかに信じ難かったのか、助五郎は「本当ですかい」と栗山に聞いた。

「さっきは、俺が手柄を立てる話を書くっておっしゃったじゃねぇですか」

「別に嘘は言ってないよ。辰三を見つけてくれれば、助五郎親分を派手に持ち上げるつもりだったんだから」

「冗談じゃねぇ。そんなところでこっちの名を引っ張り出されちゃ迷惑だ。二度とここには来ねぇでくだせぇ」

助五郎が立ち上がり、同心と文治を追い出しにかかる。栗山は口を尖らせて文治に文句を言った。

「六尺の親分も薄情だねぇ。辰三親分に会いたくないのかい」

「会いたくねぇ訳がありやせん。けど、うちの親分はもういやせんから」

「そういう話は他所《よそ》でしてくれ」

店の外に追い出され、文治と栗山は仕方なく二人並んで歩き始める。互いに目を離したとたん、それぞれ辰三捜しを始めそうで離れることができなかった。

「理久様から話は聞きやした。夫の死について調べて欲しいと頼まれなすったとか」

「ああ、そうだよ」

「旦那が町奉行所を恨む気持ちはわかりやす。塚越の旦那のことを書いて一泡吹かせてやりたいと思うのも無理はねぇ。けど、そんなもんが世に出たら、理久様はどうなるんです。いい加減に諦めてくだせぇ」

「本当のことがわかるなら後はどうなっても構わないと、御新造さんが言ったんだ。いい加減に諦めるのは、おまえさんのほうだと思うけど」

「塚越の旦那のことはもう終わったことだ。旦那さえ嗅ぎ回らなければ、理久様だって諦める。頼みますから、手を引いてくだせぇ」

たとえ戯作を書いたところで、町奉行所の手で握り潰されるのは目に見えている。まさしく「骨折り損のくたびれ儲けだ」と訴えれば、栗山が鼻でせせら笑った。

「そいつぁ、親分の考えだろう。あたしや御新造さんは違う」

「おれは死人の墓を暴くような真似はしねぇほうがいいと言ってんでさ」

文治が嚙みつくように言えば、栗山が苦笑する。

「どうして、みんな似たようなことを言うのかねぇ」

「どういう意味です」

「この間、うちの親父にも言われたんだよ。町奉行所に喧嘩を売っても、兄は決して喜ばない。例繰方の同心として真面目に役目に励めってね」

うんざりしたように告げられて、文治は目を瞠《みは》った。

栗山の父は三年前に隠居したという。当然、塚越とその死にまつわる噂も耳にしていたはずだ。次男の無謀な試みを黙って見ている訳がなかった。

「その通りでございやす」

「それが兄の望みだとおまえさんまで言うのかい。一度も会ったことがないくせに、いい加減なことを言うんだね」

吐き捨てるように栗山は言い、文治が口を開く前に「賭けてもいい」と続けた。

「兄が生きている間、親父は倅の気持ちなんて考えたことはなかったはずだ。でなければ、死にかけていた兄になぜ「休め」と言ってやらなかった。さんざん見て見ぬふりをしておいて、今さら偉そうに言うなってんだ。親分はさっき『死人の墓を暴く』といったが、死人の気持ちをてめぇの都合ででっちあげるのは許されるのか。そっちのほうがよほど罰当たりじゃねぇか」

いつになく荒っぽい口ぶりで栗山が怒りをぶつけてくる。口の達者な相手との理屈勝負は分が悪いが、ここで引く訳にはいかなかった。

「兄上は『仏の栗山』と言われるほど、やさしいお人だったんでしょう。先立つ不孝を申し訳なく思っていなさるに決まっていやす」

「兄はやさしかったんじゃない。人に嫌われるのが嫌で、断れなかっただけなのさ。無理なら無理、嫌なら嫌とはっきり言えばよかったものを。挙句、厠で死ぬなんて、あたしは情けなくって涙も出やしなかったよ」

「だったら、どうして塚越の旦那の死を調べて戯作にしようとなさるんです。兄上の仇を討ちたいからでござんしょう」

その額の黒子が何よりの証《あかし》だと決めつければ、栗山が額を押さえて笑い出した。

「なるほど、親分もだまされてくれたのか。あたしがここに入れ黒子をした本当の理由はね、こいつがあると福相になると人相見に言われたからさ」

「えっ」

「兄貴はさっさと死んじまったから、あんまり当てにならないけどさ。気休めというか、おまじないだよ」

あっけらかんと言い放たれて、文治はぽかんと相手を見返す。にわかに信じられずにいたら、栗山に肩を叩かれた。

「親分みたいにまっつぐな人は目明しなんざ向いてねぇ。お加代ちゃんと一緒になって、一膳飯屋の親父になりな」

余計なお世話だと思ったが、なぜか言い返せなかった。


その晩、文治は昼間あったことをお加代に話した。

「それにしても、木村先生が見かけたのは本当にうちの親分なのかな」

「木村先生に限って見間違えたりするもんですか。文さんはおとっつぁんが無事だとわかって、うれしくないのっ」

「いや、うれしいことはうれしいが……」

お加代は父親の手が汚れていないと今も信じているのだろう。だから、木村の話を手放しで喜べるに違いない。

ちなみに、お仙は「うちの人が芝あたりをうろついているはずないじゃないか。木村先生もいよいよ耄碌《もうろく》したんだね」と、考える間もなく切って捨てた。

そして文治は……正直、半信半疑だった。

辰三は絶対に生きていると腹の底では信じていたが、「ひょっとしたら」という思いも常に心のどこかにあった。ゆえに、木村の言葉を信じたい気持ちは文治にだってある。

だが本当に辰三なら、なぜ戻ってきたのだろう。江戸から姿を消して四年、見知らぬ場所で素性を隠し、まっとうな仕事にありつくのは容易なことではなかったはずだ。それでなくても目明しは裏街道に通じている。

手に職のない親分はどんな仕事をしていたのか。

恐れと不安に背中を押され、文治は翌日から芝で辰三を捜し始めた。

幸い今は世間を騒がす事件もなく、三年前に比べれば文治もいくらか顔が利く。しかし、辰三本人はもちろん、「辰三らしき男を見た」という者も現れない。

その上、行く先々で栗山の姿を見かけてしまう。どうやら他人を当てにせず、自分で調べることにしたらしい。

調べ始めて五日目の十五日の晩、ついにお加代がしびれを切らした。

「ねぇ、文さん。栗山様がやっていることを与力の久保寺様に申し上げたら」

「どうして」

「塚越様の一件について、あたしたちに口止めをしたのは久保寺様だもの。栗山様がその一件を探っていると知れば、放っておかないんじゃないかしら」

確かに与力の久保寺なら、栗山の勝手を止められるだろう。

だが、同心の手先が与力の旦那にもの申すのは恐れ多い。むこうは騎馬も許された二百石取りの幕臣である。三十俵二人扶持の同心とは身分がまるで違うのだ。

ためらっていると、お加代がずいと膝を進めた。

「このまま放っておけば、ますます厄介な事になるわ。塚越様の一件を面白おかしく書き立てられたら、御奉行所の面目は丸潰れになる。そんなことになった場合、『どうして報《しら》せなかった』と怒られるのは文さんよ」

自分は石田の手先だし、石田にはすでに伝えてある。「いくら何でも」と言い返しかけ……「そういうこともあるか」とうなずいた。

栗山大悟が上から雑用を押し付けられてとうとう命を落としたように、人は自分より弱い者に嫌なことを押し付ける。後日、久保寺に問い詰められて、石田がしらばっくれることは十分に考えられる。

お加代に言い負かされた恰好で、文治は翌十六日に久保寺の組屋敷を訪ねた。

「やっぱり、与力様は住むところからして違うもんだ」

立派な冠木門《かぶきもん》を見上げ、文治は素直に感心する。

同心の住まいだって町人の目には十分広いが、与力はその三倍から五倍の広さがあるらしい。その無駄に広い組屋敷の土地を町人にまた貸しすることで、与力同心はそれなりの借地代を懐に入れることができた。

八丁堀は江戸の中心に近く、借り手はいくらだっている。ただし町方役人という立場上、風紀を乱す店子《たなこ》はまずい。勢い借り手は医者や学者が多くなり、木村長明もかつてはその中のひとりだった。

大小さまざまな家が建ち並ぶ中、久保寺の屋敷はひときわ目を引く立派さである。恐らくけた違いの金をつぎ込んでいるのだろう。

そういえば、前に半助が言っていた。

――町奉行所で本当に力を持っているのは、ころころ変わる御奉行じゃねぇ。先祖代々同じ役目を受け継いだ与力の旦那方なのさ。

話を聞いたときは「へえ」としか思わなかったけれど、目の前の住まいを見れば嫌でも納得してしまう。

　その後、庭先に案内された文治がおっかなびっくり事情を話せば、久保寺は石田同様、

「放っておけ」とうそぶいた。

「栗山が何を嗅ぎまわろうと証《あかし》は何もない」

「ですが」

「出る杭《くい》は打たれる。いずれ、栗山も身をもって知るだろう」

　言い切った相手の顔に文治はうすら寒いものを覚え、「芝で辰三を見た者がいる」と言い出せなくなってしまった。

　三年前は、自分と年の変わらない久保寺が頼りなく見えたものだ。こんな若造に町奉行所の威信に関わる不始末を揉み消させるなんて、お偉方はどういうつもりだと思ったくらいである。

　だが、久しぶりに見た久保寺は年に似合わぬふてぶてしさを備えている。文治は追い立てられるように八丁堀を後にした。

「それですごすご帰ってきたの。本当に役立たずなんだから」

　その晩、成り行きを知ったお加代はいつもの辛辣《しんらつ》さで言ってのける。文治は黙って眉を寄せ、娘の顔をじっと見つめた。

　少しでも自分に気があれば、こういう言葉は出ないだろう。近頃すっかりご無沙汰だった

「役立たず」の一言が文治の胸に突き刺さる。

やっぱりお加代と所帯を持つのは無理じゃないかと思っていたら、

「前から思っていたんだけど」

とお加代が呟いた。

「久保寺様って文さんと同い年くらいでしょう。そんな若い与力の旦那にどうして塚越様の件を任せたのかしら」

どうやら、文治と同じ疑問をお加代も抱いていたらしい。

「久保寺様が塚越の旦那の上役というならわかるけど、定廻りは御奉行様の直属だとおとっつぁんから聞いているわ。だったら、もっと世知に長けた狸が采配を振りそうなものじゃない」

「塚越の旦那は定廻りじゃ一番の古株だった。そのため三廻りに扱わせる訳にはいかないと久保寺様はおっしゃっていたが……与力は他にもいるからな」

「あたしが思うに、久保寺様は塚越の旦那が怪しいと前から目を付けていたんじゃないかしら」

「何だって」

「だとしたら、久保寺様に任された理由がわかるじゃないの」

久保寺は塚越の死を知るなり、強請がらみで殺されたと察しを付けたのだろう。

公にできない不始末を知る者は少ないほうがいい。御奉行様はそう思って、久保寺様に委ねたのだ――お加代の考えに文治は首を左右に振った。

「いくら何でもそれはねぇ。三年前といや、久保寺様は与力になったばかりだ。誰もが気付いていなかった塚越の旦那の悪事に気付くはずがねぇって」

久保寺の父で吟味方与力だった先代が急死したのは、その年の正月だ。いくら久保寺が切れ者でも、自分の役目以外のことに目が行き届くとは思えない。

お加代は頬を膨らませたが、言い返してはこなかった。めずらしくこっちの考えに従ってくれたらしい。

もし辰三が江戸にいるなら、誰より早く見つけ出して今の事情を伝えたい。そして、塚越と何があったのか教えて欲しいと思っていたら、

「文治親分、大変だっ」

翌五月十七日、芝に行く途中で顔見知りの番太に呼び止められた。

この様子では何か事件があったのだろう。文治は表情を引き締めた。

「何だ」

「それが、その……」

勢いよく振り向いたのに、呼び止めた相手は言葉を濁す。「さっさと言え」と怒鳴りつけると、ひどく上ずった声を出した。

「た、辰三親分に金を盗まれたって……山木屋《やまきや》の御新造さんが大伝馬町《おおでんまちょう》の番屋に……」

文治はみなまで聞かないうちに、今来た道を駆け戻った。


「それじゃ、刃物を突き付けてきたのは、間違いなく辰三親分だった。そうおっしゃるんですね」

「ええ、そうです。あれは間違いなく辰三親分でした。一体、何度同じことを言わせるんですか」

六尺もある大男に同じことを繰り返し聞かれれば、普通は怖気《おじけ》づくものだ。ところが、茶問屋山木屋の内儀、お佳津《かつ》はまるで怯えない。多少苛立っているようだが、淡々と同じことを言う。

山木屋は江戸でも指折りの茶問屋で、昨年の流行病で働き盛りの主人が死んだ。跡継ぎはまだ元服前で、商いの差配は後家のお佳津がしていると聞く。

「にわかに信じられない親分さんの気持ちはよくわかります。私だってまさかと思いましたもの。ですが山木屋に嫁いで二十年、界隈をいつも見廻っていた辰三親分のお顔を間違えるもんじゃございません」

しっかり者に断言され、文治は聞き方を変えることにした。

「それにしても、山木屋の女主人がひとりでふらふら出歩くなんて、不用心が過ぎるんじゃねぇのかい」

「ですから、最初に申し上げたじゃありませんか。芝の知り合いを訪ねた帰りに、神明前《しんめいまえ》の人混みで供の手代とはぐれたと。挙句、気分が悪くなって人のいないところで休んでいたら、いきなり後ろから首筋に刃物を当てられて『金を出せ』と脅されたんです」

「それで、よく顔が見えたな」

「紙入れを渡すとき、相手の顔が見えたんですよ」

嫌そうに答えるお佳津の顔には「いい加減にしてくれ」と書いてある。文治は構わず問いを続けた。

「そのとき渡した紙入れの中には、二十両も入っていたのか。山木屋ほどの大店になると、たいそうな大金を持ち歩いているんだな」

「それは、用立てたお金を返してもらった後だからです。いつもはそんなに持ち歩いちゃおりませんよ」

お佳津がこれ見よがしにため息をついたとき、番屋の戸が開いて相生町の仁吉と子分の由《よし》松《まつ》が現れた。

「おい、文治。おめぇの親分はまだ生きていたんだなぁ。しかも、大変なことをしでかしたそうじゃねぇか」

「……相生町の親分、余計な口は挟まねぇでくだせぇ」

芝だって話だ」

「余計な口を挟んでいるのは、おめぇのほうだろう。御新造さんが辰三に金を奪われたのは芝だって話だ」

「だが、訴え出たのは山木屋のある大伝馬町の番屋でさ。この界隈を縄張りにするおれが調べて何が悪い。本所が縄張りの親分が出向く筋合いはかけらもねぇ」

「あいにく、出張る筋合いはあるんだよ」

「おめぇのような大男に『嘘をつくな』とすごまれたら、男だって言いたいことが言えなくなっちまう。御新造さんなら、なおさらだ」

由松が横から口を挟めば、お佳津はほっとしたようにうなずいた。

「文治親分は私の言うことを嘘だと決めつけ、さっきから何度も同じことを聞くんです。仁吉親分、どうか助けてくださいまし」

「金を盗まれた挙句、強面《こわもて》の岡っ引きにいたぶられるなんて御新造さんも気の毒になぁ。この一件は相生町の仁吉が預かりやすから、安心してくだせぇ」

文治は「冗談じゃねぇ」と遮った。

「助五郎親分ならともかく、おめぇさんの出る幕はねぇ。とっとと帰ってくれ」

「そうはいかねぇ。俺は石田の旦那に言われて顔を出したんだからな」

「何だって」

「栗山の旦那にかこつけて妙な告げ口をしやがって。だが、今度はおめぇが引っ込む番だ。

文句があるなら石田の旦那に言ってくれ」

ここまではっきり言うからには、口から出まかせではないだろう。文治は番屋を飛び出して見廻り中の石田を捜した。

定廻りはいつも同じ道を通って番屋を巡り、「何かあったか」と声をかける。今は八ツ半(午後三時)過ぎだから、そろそろ見廻りを終える頃だ。

「石田の旦那っ」

文治は八丁堀の手前で、ようやく供を連れた石田を見つけた。

「山木屋のお佳津が辰三親分に金を奪われたと訴えた一件ですが、どうして相生町なんかに……」

息を切らして訴えれば、石田が太い眉を寄せる。

「仁吉を見込んだ訳じゃないが、おまえには任せられないだろう」

「どうしてです」

「おまえは辰三の子分だ。取り調べるふりをして、大事な親分を逃がされてはかなわんからな」

その言葉を聞いた瞬間、文治の頭に血が昇った。

「旦那は辰三親分が女から金を奪うと本気で思ってんですかい」

「思うも何も、山木屋のお佳津がそう言ってんだ。信じたくねぇ気持ちはわかるが、男は諦めが肝心だぜ」

ろくに親分のことを知らねぇくせに、勝手なことを抜かしやがって。

文治は石田のあばた面に手札を叩きつけたくなった。しかし、短気は損気だとこぶしを握り、歯を食いしばって何とか堪える。

どんなに落ちぶれたとしても、親分は女子供から金を奪うような人ではない。とはいえ、今見つかれば、お佳津を襲った悪党としてお縄になってしまうだろう。文治は石田に背を向けて、芝へ向かって走り出した。

そして、五ツ（午後八時）過ぎまで捜したけれど、辰三は見つけられなかった。

親分、一体どこにいるんだ。

お願いだから、他の連中には見つからないでくだせぇよ。

祈る思いで天を仰げば、長らくお目にかかれなかった丸い月が浮かんでいる。

月明かりの助けを借りて白魚橋《しらうおばし》を越えたところで、文治は羽織袴の侍が倒れているのに気が付いた。

「大丈夫ですかい」

疲れた足を引きずって侍のそばに近付くと、黒羽織の背中には包丁が刺さっている。かつて浜町河岸で見た塚越の亡骸を思い出し、文治の動きがぴたりと止まった。

仕事柄、亡骸を見ることは多いものの、何度見ても慣れないものだ。命を無理やり奪われた仏はすさまじい死に顔をしているからか。

文治は大きく息を吸い、両手を合わせて念仏を唱える。それから素性を確かめようと抱き起こしたところ。

「栗山の旦那」

月明かりに照らされた額の黒子に目を奪われる。文治が呆然と呟いた瞬間、背後で「ひ、人殺しぃ」という声がした。

六

「うちのおとっつぁんが山木屋の御新造さんから二十両を奪い、文さんは栗山様を殺したですって。いい年をして朝っぱらから寝ぼけたことを言わないでっ」

五月十八日の六ツ半（午前七時）過ぎ、お加代は「たつみ」に来た由松から話を聞くなり怒鳴りつけた。

たとえどんな事情があろうと、父が女を刃物で脅して金を奪ったりするものか。まして文治が栗山を殺したなんて、言いがかりもいいところだ。

お加代が赤い目で睨みつければ、由松がぶすりと言い返す。

「山木屋の一件は御新造本人が『辰三親分に間違いない』と言っているし、文治が栗山の旦那を殺ったところを見た奴がいるんだよ」

「どこのどいつよ。そんな嘘をつくのは」

「おめぇも知っているだろう。昔、辰三の下にいた卯吉だよ」

こんなところで卯吉の名前が出てくるとは。お加代は驚きと怒りにまかせ、両手を激しく振り回す。

「卯吉が陰で悪さをして、おとっつぁんに縁を切られたことはあんたも知っているでしょう。そんな奴の言うことより、十手を預かる文さんを信じてあげればいいじゃないの。石田様も仁吉親分もどうかしているわっ」

「だったら、卯吉が文治に濡《ぬ》れ衣《ぎぬ》を着せたってのか」

「きっとそうよ。そうに決まっているわ」

卯吉は栗山を殺してから、人の気配を感じて物陰に隠れたのだろう。そして通りかかったのが文治と知って、「文治が殺った」と訴えたのだ。

それが真実に決まっている。

「そうすれば、自分は捕えられずにすみ、おとっつぁんの跡を継いだ憎い文さんに仕返しもできる。むこうにしてみりゃ、まさに一石二鳥だもの」

由松は困ったような顔をして「ううん」と唸った。

「おめぇの考えはわからなくもねぇ。けど、卯吉は何だって栗山様を殺さなくちゃならねぇんだ。旦那の懐には紙入れが残っていたし、そもそも金が目当てなら二本差は狙うめぇ。しかも八丁堀のすぐそばで同心を手にかけるなんて、考えなしもいいとこだ。とてもずるがしこい奴の仕業とは思えねぇ」

由松にしてはめずらしく筋の通ったことを言う。二の句に困るお加代の前で、由松は腕を組んだ。

「けちな小悪党ほど己の命を惜しむもんだとうちの親分は言っていた。金で同心殺しを頼まれたって、引き受けるとは思えねぇ。文治は昨夜のうちに大番屋へ連れて行かれたから、いずれ『恐れ入りました』と白状するかもしれねぇぞ」

「どうしていきなり大番屋なのよ。文さんは逃げも隠れもしやしないわ」

通常、罪を犯した者は近くの自身番屋に引っ張られる。そこで疑いが晴れない場合は仮牢のある大番屋に送られるのだ。

仮牢には当然、悪党が捕えられている。十手持ちがそんなところに留め置かれたら、一体どんな目に遭うか。お加代が色を失くすのを見て、由松は気まずそうにこめかみを掻いた。

「町方の手先が同心を殺したかもしれねぇんだ。早く決着をつけようと、旦那方も焦っていなさる。なに、小伝馬町《こでんまちよう》の牢屋敷と違って大番屋の仮牢じゃ間引きはねぇって。袋叩きにされることはあるかもしれねぇがな」

小伝馬町の牢屋敷では、「間引き」と称する牢内の殺しが黙認されているという。仮牢なら死ぬことはないと言われても、たいした慰めにはならなかった。

「あんたや相生町の親分だって、文さんとは昨日今日の付き合いじゃないでしょう。人を殺せる人じゃないとわかっているはずじゃないの」

「……奴には、栗山の旦那を手にかける理由がある。恐らく、辰三を助けようとしたんだろう」

「そりゃ、どういうことだい」

息を呑んだお加代に代わり、黙って話を聞いていた母が鋭く聞きとがめた。

「うちの人を助けるために、文さんが栗山様を手にかけたなんて。昨日何があったのか、わかるように話しとくれ」

有無を言わさぬ迫力に呑まれ、由松は詳しく話し出した。

昨日の昼前、大伝馬町の自身番屋に山木屋のお佳津がやって来て、「芝で辰三親分に二十両を奪われた」と訴え出た。石田の指図でその一件は仁吉が調べることになり、文治は石田に文句を言ったが、聞き入れてもらえなかったそうだ。

「そこで野郎は芝へと走り、辰三を捜したが見つからねぇ。その帰り道に栗山の旦那と出くわして、旦那が辰三の居場所を摑んだと察したのさ」

このままでは辰三が捕まり、死罪になってしまう。文治はそう思い込み、栗山を手にかけたのだろうと由松は言った。

「栗山の旦那は人一倍勘のいいお人だ。おまけに、お佳津が金を奪われる前から辰三を捜していた。そろそろ居場所を突き止めたっておかしくねぇもんな」

「そろそろ、おかしくねぇですって？　つまり、栗山様がおとっつぁんを見つけたっていうのは、あんたの勝手な思い込みに過ぎないのね」

「だが、そう考えれば筋が通るじゃねぇか」

馬鹿も休み休み言えと、お加代は目をつり上げる。

「あんたは栗山様を殺せば、おとっつぁんが助かる。そう文さんが思ったと言いたいのね。栗山様さえいなくなれば、町方はぼんくら揃いだから」

嫌みたらしくくどくど言えば、由松の顔が怒りで歪む。

「あんまりふざけた口を利くと、女でもただじゃおかねぇぞ」

「ふざけた口を利いているのはそっちじゃないの。違うって言うなら、ここにおとっつぁんを連れてきなさいよ。あたしがじかに聞いてみるから」

例繰方の栗山が居場所を突き止められたのなら、今すぐ見つけられるはずだ——喧嘩腰でまくしたてれば、由松がぐっと言葉に詰まる。

「と、とにかく、今は文治のことだ。辰三のことはその後で」

「どうしてよ。文さんが栗山様を殺したのは、おとっつぁんの居場所を突き止められたからだってその口で言ったばかりじゃないの。言っときますけど、文さんはおとっつぁんをかばって殺しなんかしやしないわ」

「何でそう言い切れる。文治は辰三に惚れ込んでいたじゃねぇか」

「だからよ」

「なに」

「『千手の辰三』は、何があろうとかよわい女から金を奪ったりしない。文さんはそう信じているから、栗山様を殺しはしないわ」

お加代の勢いに押されて、由松は一瞬黙り込む。しかし、すぐさま見下すように吐き捨てた。

「実の娘にすれば、そう信じたいところだろうな。だが、後ろ暗いところがねぇなら、どうしてここに帰ってこねぇ。未だに帰ってこねぇのは、女房と娘に合わせる顔がねぇからだと、うちの親分が言っていたぜ」

言い返したいことは山ほどあるのに、口から言葉が出て来ない。由松は今日、父を「辰三」と呼び捨てにしている。まさか「千手の辰三」が下っ引きごときに見下されるとは思ってもみなかった。

言い返せないお加代に代わり、今度は母が声を上げる。

「勘違いもたいがいにしておくれ。うちの人が戻らないのは、この世にいないからですよ」

「それじゃ、木村先生や山木屋の御新造が嘘をついているってのか」

ているはずさ」

「嘘というより、見間違えたんでしょう。もちろん、文さんだってうちの人は死んだと思っ

だから、辰三を守ろうなんて考えやしない――お仙がきっぱり断言すれば、由松の顔にとまどいが浮かぶ。

「とうに死んだと思っているなら、文治はどうして辰三を捜していたんだ」

「うちのお加代が頼んだからさ。この子は父親が生きていると思い込んでいるからね。木村先生から話を聞いて、文さんに『おとっつぁんを一刻も早く見つけ出して』と言ったんだよ。文さんにしてみりゃ、たとえいないとわかっていても捜すふりをしない訳にはいかないだろう」

いかにもありそうな説明に今度は由松がうろたえる。それを見た母が「ところで」と話を変えた。

「栗山様はどこで、どうやって殺されたんだい」

「……白魚橋の近くで、背中から包丁で刺されて」

「文さんの馬鹿力なら、素手で相手を絞め殺せるわ。それにさっきの話だと、文さんは栗山様とたまたま出合って殺したのよね。どうして包丁を持っていたのよ」

お加代がひと息にまくしたてると、由松が小さな声で逆らう。

「けど、卯吉は文治が殺したと」

「だから、栗山様を殺したのは卯吉のほうだって、さっきから言っているじゃない。見当違いな考えで文さんを締め上げる前に、お願いだから卯吉のことをもっとよく調べてちょうだい」

相手は陰で強請たかりを繰り返していた悪党である。

もしかしたら、そのことを栗山に摑まれていたかもしれない——お加代の強引な訴えに由松がすかさず異を唱えた。

「そのことをネタに、卯吉が栗山様に強請られていたっていうのかよ。それじゃ、話があべこべだ。強情もたいがいにしておけよ」

にわかに勢いを取り戻し、由松は腰高障子に手をかける。

それから思い出したように「文治の取り調べは、北見の旦那と佐賀町の玉吉が受け持つことになった」と付け加えた。

「これから日本橋界隈はうちの親分と俺が預かる。いいか、ちゃんと伝えたからな」

下っ引きはえらそうに言い捨てて店を出ていく。忌々《いまいま》しい後ろ姿が見えなくなると、母はすぐさまお加代に命じた。

「何をもたもたしてんのさ。さっさと浪《なみ》の花を撒いときな」

「ええ」

威勢よく塩を撒き終えて、気が晴れたのは一瞬だ。たった今、由松に言われたことが頭の中で渦を巻き、お加代はぶるりと身を震わせた。

卯吉が嘘をついているのは確かだが、その嘘を暴くにはどうしたらいいのだろう。由松の様子を見る限り、石田や仁吉だってあてにはならない。

まして、北見の旦那と佐賀町の玉吉は文治と親しい訳ではない。同心殺しの下手人を早く白状させようと拷問にかけることも考えられた。

その責め苦に耐えかねて文治が「やった」と認めてしまえば、間違いなく死罪になる。お仕置きになった文治の姿を思い浮かべ、お加代は足元の地べたが崩れるような恐ろしさを感じた。

周りがあてにならないのなら、この手で何とかするしかない。

塩の壺を元に戻して店を飛び出そうとしたが、

「どこに行くつもりだい」

いつになく低い母の声に足が止まってしまう。強張った顔で振り向けば、母がじっとこっちを見ていた。

「あ、あの、そろそろ塩を買っておいたほうがいいかなって」

「おや、そうかい。あたしはてっきり卯吉のところに乗り込む気かと思ったよ」

「おっかさん」

「前に『おとっつぁんの行方を教えてやる』とだまされて、手籠めにされかけたことがあっただろう。そんな男のところに、まさかひとりで乗り込むような馬鹿な真似はしないだろうね」

じっと目を見て窘《たしな》められ、お加代は目を丸くする。あのときは母に黙って店を抜け出している。文治にも口止めをしておいたから、知られていないと思っていた。

「あんたのやることはお見通しだと前にも言っておいたじゃないか。今度は卯吉に襲われたって、文さんは助けてくれないよ」

母に諭され、三年前に襲われたときの恐ろしさがよみがえる。

性悪な卯吉のことだ。お加代がのこのこ訪ねていけば、これ幸いと手を出すだろう。「文治を助けたいのなら、言うことを聞け」と迫られることも考えられる。

「でも、このままじゃ文さんが……」

お加代は呟いて、堪えきれずに涙をこぼした。

文治は何度も助けてくれたのに、自分は何もできないなんて。さんざん「役立たず」と罵っていたけれど、本当の役立たずはあたしのほうだ。

みっともない顔を見せたくなくて、お加代は母に背を向ける。すると、母の両手が肩を包んだ。

「みんなそうだよ」

「えっ」

「女が無理に出しゃばれば、かえって男の足を引っ張る。だから、女は辛抱して待っていることしかできないのさ」

ひどく穏やかな、初めて聞く母の声だった。母は今、同じ女として語りかけてくれている。

「でもね、待っている女がいるからこそ、男は這ってでも帰ってこようとするんだよ。あんたが信じて待っていれば、文さんはきっと帰ってくるから」

肩から伝わるぬくもりにお加代は唇を噛み締める。そうしないと、口にしてはならないことを言ってしまいそうだった。

でも、おとっつぁんは帰ってこないわ。

おっかさんがずっと待っているのに……。

口では「あの人は死んだ」と言いながら、母が父の帰りを待っているのをお加代は知っている。

父がいなくなってから、母に言い寄ったのは鳴海屋の主人だけじゃない。中には「後添いになってくれたら、生涯金の苦労はさせない」と懇願した人もいた。そういうときに限って、母は「あたしには亭主がいますから」と言い切り、相手に二の句を継がせなかった。

――夫婦ってのは赤の他人のくっつき合いだから、一緒にいなくちゃ駄目なのさ。離れても血で繋がっている親子とは違うからね。

母の口ぐせに従えば、帰らぬ夫を何年も待たなくてもいいだろうに。今でも母は見えない何かで父と繋がっているのだろうか。

決して揺るがない母の強さがお加代は心底うらやましかった。

「……あたしに、できることはないのかしら」

思い余って呟けば、母がぽんぽんと肩を叩く。

「おまえは見た目こそあたしに似たけど、中身はおとっつぁんそっくりだからね。どうしてこんなことになったのか、よく考えてごらん。頭の中で考える分には、危ないことはないからさ」

「そんなことじゃ文さんの疑いを晴らせないわ」

「だったら聞くけど、闇雲に走り回れば疑いが晴れるのかい」

言い返せないお加代が唇を突き出せば、母は「ひどい顔だね」と笑いながら娘の鼻を引っ張った。

「まずは落ち着いてお茶でも飲もうよ。どのみち、文さんが戻ってくるまで店は開けられないんだから。お駒さんにもしばらく店を休むと伝えておかないと」

「どうして」

「十手持ちが同心殺しの疑いをかけられたんだ。しかも、行方知れずだったうちの人は山木屋の御新造さんを襲ったことにされている。店を開けたところで、客なんか来やしないって」

むしろ女所帯と侮って性質《たち》の悪い連中が押しかけて来たら困る——母の言葉にお加代は口を開きかけたが、何も言うことができなかった。

罪人の身内がどれほどつらい思いをするか、幼い頃からこの目で見ている。母の言う通り、文治と父の疑いが晴れなければ商売どころではないだろう。

一刻も早く本当の下手人を突き止めないと、すべてが駄目になってしまう。お加代は頬を数回叩き、それから竈《かまど》の火を熾《おこ》した。台所の片隅でお湯が沸くのを待ちながら、指を折って考え始める。

芝で辰三を見たと言った木村、辰三に金を奪われたと訴え出たお佳津、そして文治が栗山を殺したと証言した卯吉——果たして、この三人は陰で繋がっているのだろうか。お佳津と卯吉は嘘をついていると思うが、木村が嘘をつくとは思えない。この三人をひとまとめにして考えるのは難しかった。

となると、お佳津と卯吉の二人が実は結託しているのか。しかし、大店の御新造が卯吉のような小悪党と知り合いだとは考えづらい。また、お佳津が卯吉に栗山殺しを頼んだとも思えなかった。

山木屋の主人は去年の流行病で亡くなり、後家のお佳津が店を切り盛りしていると聞く。そんな女がお上を謀《たばか》るはずはないと仁吉は決めつけているようだが、身内の贔屓目《ひいきめ》を抜きにしてもお加代はお佳津を怪しいと思った。

信用が命の大店は、町方と関わるのをことのほか嫌う。

金を盗まれたと届け出れば、主人は繰り返し番屋に呼ばれ、根掘り葉掘り事情を聞かれる。その後も十手持ちが足しげく店に出入りをするため、「何か不始末があったに違いない」と世間の人に噂される。そうなれば、盗みに遭った以上に商いの足を引っ張りかねない。

山木屋ほどの大店ならば、たとえ百両を奪われたって口をつぐんでいるはずだ。なぜ、お佳津は店の評判を傷つけてまで父に濡れ衣を着せたのだろう。

あれこれ思いを巡らせても、これはという考えが浮かばない。山木屋の件と栗山殺しはたまたま続けて起きただけか。

そのとき、

「何をぼんやりしているんだいっ。お湯はとっくに沸いているよ」

母の鋭い声が飛び、お加代は慌てて顔を上げた。

見れば、鉄瓶の蓋《ふた》が勢いよく上がる湯気でカタカタ音を立てている。このお湯でお茶を淹《い》れたら、さぞかし苦くなるだろう。お加代は竈の火を消して、濡れた布巾で鉄瓶を摑む。そして湯呑に熱湯を注ぎ、少し冷ますことにした。

真っ先にしなければならないのは、大番屋に捕われた文治の疑いを晴らすことだ。お佳津の嘘を暴いたところで、文治の無実は証明されない。ここはひとまず栗山殺しに的を絞って考えよう。お加代は自分にそう言い聞かせ、卯吉がどういう事情で栗山を殺したのかを考え始めた。

由松が言っていたように、卯吉のような小悪党が気安く同心殺しを引き受けるとは思えない。にもかかわらず、引き受けたのは……断れば、自分が殺される。そういう相手に無理強いされたからではないか。

お加代はそこまで考えて、次の瞬間、手を打った。

栗山はきっと町奉行所の命で殺されたに違いない。

卯吉は父の下っ引きだったから、定廻りの中には覚えている者もいるはずだ。そこで悪事を働いた卯吉を捕え、「栗山という同心を殺したら、おまえの罪は見逃す」と取引を持ちかけたのだろう。

それなら卯吉は引き受けない訳にはいかないし、八丁堀のすぐそばで栗山が殺された理由もわかる。石田や与力の久保寺はいずれ栗山が殺されることを知っていたから、あえて放っておいたのだ。

お加代は一度納得しかけ、ややして真っ青になってしまった。

この考えが当たっていたら、文治は栗山殺しの下手人として問答無用でお仕置きになる。それに奉行所内には腕の立つ、信用できる者が大勢いる。卯吉のような小悪党を無理に使う必要はない。

やっぱり、今の考えはなし——お加代がぶつぶつ言っていたら、

「お加代、お茶はまだかい」

大きな声で母に言われ、お加代は再び我に返る。慌てて茶を淹れ、入れ込み座敷にいた母に湯呑を差し出す。

母はちらりと娘を見て、一口飲んで文句を言った。

「やけにぬるいね」

「ご、ごめんなさい。考え込んでいたら、冷めすぎちゃって」

「よく考えろとは言ったけど、手を動かしているときは目の前のものを見ておくれ。でないと、こっちは気が気じゃないよ」

「ごめんなさい……」

小さな声で謝れば、母が隣に座れと畳を叩く。お加代は自分の湯呑を手に、母の隣に腰を下ろした。

「それで、何か思いついたのかい。さっきは青くなっていたけど」

どのみち母にはばれるのだ。隠したところで仕方がないと、お加代は今さっき考えたことを正直に打ち明ける。

聞き終えた母は「考え過ぎだよ」とあっさり言った。

「そんな物騒な真似をしなくても、町奉行所がその気になれば、栗山様の動きはいつだって封じられたはずさ」

ことさ」

「だとしたら、卯吉はなぜ栗山様を」

「まだ卯吉が殺したと決まった訳じゃないだろう」

「それじゃ、おっかさんも文さんが殺したって言うのっ」

悲鳴じみた声を上げれば、母が大きなため息をつく。

「あたしが言っているのは、文さん同様、卯吉もたまたま通りかかっただけじゃないかってことさ」

「そんな都合のいい巡り合わせってあるかしら」

己に後ろ暗いところがあれば、八丁堀には近づかない。卯吉が望んであの辺りを通りかかったりするだろうか。

しかし、母は引かなかった。

「とりあえずわかっていることで、つじつまを合わせちゃいけないよ。この先お調べが進んだら、もっといろいろ出てくるはずさ」

おっしゃることはもっともだが、さっきの由松の調子ではまともに調べてくれるかどうか。

お加代はわずかに眉を下げ、大番屋にいる文治を思う。

卯吉の言うことを鵜呑みにされ、手荒い調べを受けていたら……激しい責め問いに耐えかねて無実の罪を認めたとき、文治は一巻の終わりになる。

そうなる前に、やっぱりあたしが卯吉を調べたほうが……心ひそかにお加代は思い、母に横目で睨まれた。

「まさか、またおかしなことを考えているんじゃなかろうね」

「べ、別に、おかしなことなんて考えてないわよ」

お加代は目をそらしながら、心の中で舌打ちする。

どうして母の勘は娘にばかり働くのだろう。いっそ、その勘を生かして本当の下手人を見つけて欲しいと思っていたら、母がぽつりと呟いた。

「背中から包丁で刺したってことは、栗山様殺しの下手人は女かも知れないね」

「まさか」

お加代はすぐに異を唱えた。

「栗山様はお世辞にも強そうに見えないけど、町方同心の端くれだもの。女の手には余るでしょう」

「だけど、得物《えもの》は包丁だろう。暗いところで後ろから襲ったのなら、女でもやってできないことはないさ」

人はいざというとき、慣れたものを使いたがるし、後ろから襲うのは力のなさの表れだと母は言った。

「男とまともにやり合ったら、女はかないっこないからね。でも、後ろから体当たりすれば、一思いに殺せるだろう」

さすがは「千手の辰三」と長年連れ添った女房である。理にかなった考えにお加代は母を見直した。何よりその考えに従えば、ひとり心当たりがある。

「だとしたら、栗山様を手にかけたのは理久様じゃないかしら」

「まさか。理久様は栗山様に夫の死について調べてくれとお願いしていたんだろう。どうして殺さなくちゃならないんだい」

「塚越様の名誉を守るためよ」

理久はあくまで「塚越が濡れ衣を着せられて殺された」、もしくは「のっぴきならない事情で金が必要となり、やむなく強請を働いた」と思っているから、夫の死について調べて欲しいと栗山に頼んだはずだ。

にもかかわらず、「塚越が私利私欲のために強請を働いていた」とはっきりしたら、栗山がそれをネタにして戯作を書くことを許すだろうか。

世間は今も塚越が「お偉方の悪事を暴こうとして命を落とした立派な同心」と思っている。もし「長年世間を欺《あざむ》き、私腹を肥やした定廻り同心」として栗山の戯作に描かれたら、理久はこの先ずっと「悪徳同心の元妻」と後ろ指をさされるだろう。

そこで「戯作にするのはやめて欲しい」と栗山に頼んだものの、あいにく相手は聞き入れない。挙句、思い余って手にかけたのでは……。

母はお加代の考えを黙って聞いていたけれど、「ちょっと強引じゃないかねぇ」と首をかしげた。

「あのおしとやかな方が包丁で男を刺し殺すとは思えないけどね」

「でも、鳴海屋さんのお通夜で会ったとき、すっかり人変わりしていたじゃない」

塚越の妻だった頃、理久が男に言い返すなんて夢にも考えられなかった。最愛の夫に裏切られ、良くも悪くも変わったのだ。お加代は強い調子で言ったが、母はなかなか煮え切らない。

「あたしが御新造さんの立場で、どうしても殺したい男がいたら……木村先生の薬棚から毒薬をそっと持ち出すけどね」

またもやうがったことを言われ、お加代は一瞬考え込む。確かに、そのほうが危なげなく相手を殺せそうだけど。

「きっと、木村先生の目が厳しくて持ち出せなかったのよ」

お加代はそう決めつけると、湯呑を置いて立ち上がった。

「おっかさん、あたし木村先生のところに行ってくるわ」

卯吉のような悪党に近付くことはできないが、相手が女なら恐れることはない。もちろん母は顔色を変え、「馬鹿言いなさんな」とお加代を叱った。

「何の証もないくせに、理久様を問い詰めるつもりかい」

「そんなことはしないわ。理久様が本当の下手人なら、文さんが捕まって内心ほっとしているでしょう。そういうときほど下手人は勝手にぼろを出すものなのよ」

おとっつぁんがそう言っていたと自信たっぷりに付け加えれば、ますます母の目つきが険しくなった。

「そんなことを言って、相手がしっぽを出さなかったらどうする気だい」

「そのときは、こっちがしっぽを巻いて帰ってくるわ。お願いだから、あたしにできることはやらせてちょうだい」

こうしている間にも、文治が痛めつけられているかもしれない。娘の懇願に母は渋々折れてくれて、お加代はさっそく本銀町に向かった。

木村と弟子は外に出ていて、家にいるのは理久と女中だけらしい。妻に惚れ込んでいる夫の留守に、お加代は少なからずほっとした。

さて、どう切り出したものかと思っていたら、理久のほうから口を開いた。

「文治さんのことは仁吉さんから聞きました。大変なことになりましたね」

いかにも心配していると言いたげな様子がお加代の気持ちを逆なでする。素知らぬ顔でしらじらしいと、鼻息荒く言い切った。

「あたしは文さんが無実だと信じていますから」

開口一番、そう来るとは思っていなかったのだろう。理久は一重の目を見開き、驚いたような顔をする。

「では、辰三さんが金を奪ったという話も」

「うちのおとっつぁんは天地がひっくり返ったって、そんなことをするはずがありません。理久様だっておとっつぁんの人となりはよくご存じでしょう」

たとえ世間はだませても、あたしはだまされないんだから。

睨むようにして言えば、なぜか理久の目尻が下がる。

「私もそう思っていました」

「あの」

「たとえ天地がひっくり返ろうと、夫が悪事を働くはずがない。私もかつてはそう信じておりました」

まっすぐこっちを見つめる目はまるで憐れんでいるようだ。お加代は膝の上で重ねた手を知らぬ間に握り締めていた。

「……では、おとっつぁんが山木屋の御新造さんから金を奪い、文さんが栗山様を殺したと、理久様は思っていらっしゃるんですね」

「何かの間違いであって欲しいと心から思っています。けれど、文治さんはともかく、辰三さんの一件はお金を奪われた方がおっしゃっていることですから」

「そんなの山木屋の御新造さんが見間違えたか、嘘をついているに決まっています」

怒っちゃ駄目だとわかっていたが、声が大きくなるのを止められない。苛立つお加代と反対に理久はどこまでも落ち着いていた。

「私はお加代さんの気持ちが痛いほどよくわかります。辰三さんと文治さんの疑いが一刻も早く晴れるといいですね」

「……ありがとう、ございます」

「お仙さんもさぞ心配なさっていることでしょう」

理久が慰めを口にするたび、お加代は「違う」と言い返しそうになる。

あたしはあんたとは違う。おとっつぁんも文さんも人を傷つけたりしない。あたしを絞め殺そうとしたあんたの亭主とは違うんだから。

それと同時に、どす黒い雲がお加代の心を覆い始めた。

父に限ってと思っていたが、目の前にいる理久のように人がすっかり変わっていたら。四年の間に金に困り、悪事に手を染めていたら。顔見知りとは気付かずに、山木屋の御新造を襲っていたらどうしよう。

黒雲はたちまち雨を降らせ、お加代の心に疑いという名の底なし沼を作り出す。さっきまで父を信じていたのに、今は打ち消そうとする端から「もしかして」と思ってしまう。だから、お加代は文治を思った。

万にひとつ、父がお佳津を襲っていても、文治は栗山を殺していない。それだけは命を賭けたっていい。

お加代は大きく息を吸い、震える声を絞り出す。

「理久様は昨夜、お出かけになりましたか」

「いいえ、昨夜はずっと家におりましたけれど」

ぶしつけな問いに怒るでもなく、理久はおっとりと答える。それが真実であることは、女中や下働きが請け合った。

七

「この際、何もかも吐いちまいな。卯吉はおめぇが殺るのを見たとはっきり言ってんだ。仮にも十手を預かっていたなら、往生際くれぇ心得ているだろう」

佐賀町の玉吉が大番屋中に響き渡る大声で言う。勝ち誇ったその顔は、まるで獲物の前で舌なめずりする野良犬のようだ。

縄をうたれて土間に跪《ひざまず》いた文治は言い返さずにいられなかった。

「卯吉は御用を笠に強請を働き、うちの親分に縁を切られた男なんだ。そんな野郎の言うことを真に受けるなんざ、玉吉親分らしくもねぇ」

「そいつは相生町から聞いた。けど、昔悪さをしたからって嘘をつくと決めつけちゃあ、かわいそうだと思わねぇか」

「無実の罪で縛られたおれはかわいそうじゃねぇんですかい。どうでもおれが殺ったというなら、得物の出所を洗ってくだせぇ」

「なるほど、もっともな言い分だ。なぁ、文治。栗山様を刺した包丁はどこで手に入れたものなんだ。『たつみ』から持ち出してきたのかい」

うなずいてから問い返されて、文治は玉吉を睨みつける。

同心の北見は黙って眺めているばかりだ。冷めきったその目つきを見れば、こちらの言い分を聞く気がないのは明らかである。

なぜ、こんなことになったのか。卯吉に「こいつが殺した」と騒ぎ立てられたとき、文治は鼻で受け流した。小悪党と十手持ち、双方の言い分が食い違えば、自分の言い分が通るものと頭から思い込んでいた。

ところが、石田はその夜のうちに文治を大番屋の仮牢に放り込んだ。

大きな事件がなかったおかげで仮牢は空っぽだったとはいえ、この扱いはあんまりだろう。憤《いきどお》っているうちにしらじらと夜が明けて——朝一番でやって来たのは、石田と同じ定廻りの北見陸朗と手先の玉吉だった。

「目明しが同心を殺すなんて前代未聞の一大事だ。手先がやらかした不始末に石田の旦那は頭を抱えていなさるぜ。辰三を守るためとはいえ、おめぇもずいぶん思い切った真似をしたもんだなぁ」

背の低い玉吉は常日頃文治を見上げている。ここぞとばかりにふんぞり返り、頭の上から見下ろしている。

てっきり自分の取り調べは石田が行うと思っていた。見事にあてが外れてしまい、背筋に冷たいものが走る。

北見は石田と違い、十年あまり定廻りを務めている。そのくせ目立つ手柄はなく、陰で塚越を目の敵《かたき》にしていたと聞く。辰三の子分で塚越の手先だった文治をよく思うはずがない。手荒い調べを行って長年の憂さを晴らす気か。

石田は定廻りになって三年だから、北見に強く言われれば逆らえないに違いない。けれども、知らん顔を決め込むなんていくら何でも薄情すぎる。自ら取り調べることはできなくても、立ち会ってくれればいいものを。ろくに調べもしないうちから見捨てられたことを悟り、文治は怒りで身体が震えた。

塚越の旦那と辰三親分がいれば、こんなことにはならなかった。手先を信じられないなら、定廻りなんて辞めちまえ。

腹の中で罵っても、置かれた立場は変わらない。今の自分にできるのは腹をくくることだけだ。

たとえどれほど責められようと、おれは殺っちゃいねぇんだ。佐賀町の玉吉ごときに負けるもんじゃねぇ。

文治は気合を入れ直して相手の目を見返した。

「うちの親分は山木屋の御新造から金を奪ってなんかいねぇし、おれだって栗山の旦那を殺しちゃいねぇ。玉吉親分は調べる相手を間違ってるぜ」

「いい加減にしろっ」

玉吉は声を荒らげて文治の背中を蹴りつける。身動きの取れない文治は無様に転がるしかなかった。

「俺は気の長いほうじゃねぇ。元は同業と思ってやさしく聞いているうちに、口を割ったほうがお互いのためだと思うがな」

「おれは栗山の旦那を殺っちゃいねぇ」

「まだ言うかっ」

短気というのは本当らしく、玉吉は続けざまに文治を蹴る。身体を丸めて腹と胸をかばったものの、蹴られれば背中でも痛い。それでも、文治はうめき声ひとつあげなかった。

「おめぇも十手持ちの端くれだ。強情を張ったところでつらい思いをするだけだと承知してんだろう。重てぇ石を抱かされて両足の骨が砕ける前に、吐いちまったほうが楽だと思うぜ」

憎々しげにうそぶいて玉吉が顔を近づける。勝ち誇ったその面に唾を吐きかけそうになり、文治は固く目を閉じた。

十手持ちの端くれだからこそ、そんな脅しに屈するものか。何を言っていやがると口の中で毒づいたとき、不吉な考えが浮かんできた。

もしや、栗山は南町奉行所の手で殺されたのか。

あえて包丁を使ったのは、二本差の仕業じゃないと世間に思わせるためかもしれない。石田や久保寺はこうなることを知っていたから、「放っておけ」と言ったのか。

この考えが当たっていたら、卯吉の嘘は渡りに船だ。このまま文治を下手人にして、早急に幕引きを図るだろう。

顔から血の気が引いたとき、再び玉吉に蹴り飛ばされた。

「黙ってねぇでさっさと吐け。おめぇが栗山の旦那を殺ったんだろう」

「違う。おれは殺っちゃいねぇ。卯吉は嘘をついてんだ」

「うるせぇっ」

どうあっても白状させるつもりのようで、玉吉はしつこく責め立てる。力任せに蹴られながら、文治はお加代のことを思った。

あのはねっかえりのことだ。文治が捕えられたと知れば、何を仕出かすかわからない。けれどもこの有様では、お加代の身に何かあっても助けに行くことはかなわない。

頼むから、じっとしていてくれ。これしきのことでへこたれるような文治様じゃねぇんだから。

「野郎、何を笑ってやがる」

知らないうちに口元がほころんでいたらしい。一際《ひときわ》強く肩を蹴られ、頭から水を浴びせられた。今が五月で助かったと思う間もなくまた蹴られ、文治はうめき声を抑えられなくなってきた。

「しぶてぇ野郎だ。いい加減に観念しろ」

「うぅっ」

「玉吉、もういい。おまえは外で一服して来い」

痛みで気が遠くなりかけたとき、初めて北見の声がした。玉吉は「へえ」と不満そうに答えると、足音を響かせていなくなる。

文治は息も絶え絶えに自分を見下ろす相手を見上げた。

「おまえは前から栗山について嗅ぎ回っていたそうだな。ならば、奴が同心になれた事情も知っているだろう」

落ち着いた声がかえって不気味で、文治はしばし返事をためらう。北見は構わず話を続けた。

「栗山がこの先もおかしな真似を続けていれば、どのみち命を落としたはずだ。人がせっかく手柄を譲って同心にしてやったのに……つくづく馬鹿な男だよ」

「それは、どういう意味ですか」

どうにか声を絞り出せば、北見の冷たい目が動く。おもむろに腰をかがめると、文治の耳元でささやいた。

「一人前の同心になれば、おとなしくなるかと思いきや……うるさい蠅《はえ》を始末してくれて、おまえには感謝しているんだ」

情《じょう》のない目を間近に見て、文治は顔を強張らせる。

栗山への特別扱いは温情ではない。あえて恩を売ることで懐柔する腹だったのか。ところが栗山が従わないので、扱いを変える気だったらしい。

そんなとき、栗山が何者かに殺された。町奉行所にしてみれば、手間が省けたという訳だ。

「おれは……栗山の旦那を殺しちゃ、いやせん……」

何度も口にした言葉を途切れがちに絞り出す。

北見はつまらなそうに首を振った。

「だったら、手加減するこたぁねぇな」

北見はゆっくり腰を伸ばし、いきなり文治の腹を蹴る。まともに食らった一撃は、玉吉の蹴りとは比べ物にならなかった。

まさか、このまま殺す気か。

痛みで息ができなくなり、文治は気を失った。

翌日も情け容赦なく責め立てられ、文治がひそかに死を覚悟したときである。「具合はどうだい」と言いながら、仁吉が姿を現した。

「おめぇの言う通りしぶとい野郎だ。なかなか口を割りやしねぇ」

額の汗をぬぐって玉吉が答える。明かり取りの少ない大番屋は昼間であっても薄暗い。仁吉は土間に転がっている文治を見て息を呑んだ。

「こいつぁ……いくら何でもやりすぎじゃねぇのかい」

文治の大きな身体を無数の痣が覆っている。けれども、玉吉は「たいしたことはねぇ」とうそぶいた。

「こっちには卯吉という生き証人がいる。早いとこ、こいつの口を割らせて栗山様の一件を落着させせねぇと」

仁吉は文治と目が合うと、気まずそうに目をそらす。痛みで朦朧《もうろう》としながらも、かすかな望みを抱いた文治は再びどん底に突き落とされた。

長い付き合いの仁吉すら、もはやおれを見放したのか。

どうせ助からないのなら、さっさと白状したほうが痛い思いをしなくてすむ。そんな弱気に襲われかけて、文治は血が出るほど下唇を嚙み締めた。

たとえ命を落とすにしても、やってもいない殺しの罪で磔《はりつけ》になる訳にはいかない。最後まで「違う」と言い続ければ、お仙とお加代の二人だけは自分の無実を信じてくれる。それが文治の支えだった。

そして、取り調べが始まって三日目の五月二十日、ようやく石田三左衛門が大番屋に現れた。

「玉吉、これはどういうことだ。ここまで痛めつけるとは聞いておらんぞ」

満足に口も利けない文治を見て、石田の顔が大きく歪む。玉吉は悪びれもせず、へらりと口の端を引き上げた。

「なに、見た目はちょいと派手ですが、てぇしたことはありやせん」

「証人がいるにもかかわらず、往生際が悪いのでな」

自分の手先をかばうように北見も横から口を出す。三人の足元にうずくまり、文治は荒い息を繰り返すのが精一杯だ。

北見の旦那も玉吉も勝手なことを言いやがって。もしもここから出られたら、目にものを見せてやるからな。

文治が腹の中で罵ったとき、石田が思いがけないことを言った。

「あいにくですが、その証人は殺されました」

「何だとっ」

「俺は最初《はな》から、文治が下手人だとは思っていなかった。卯吉は性根の腐った男で、文治に恨みを持っているという。卯吉が栗山を殺して文治に濡れ衣を着せたと踏んだから、あえて証言を鵜呑みにして文治を仮牢に入れたんです」

卯吉が例繰方の新米同心と顔見知りだったとは考えづらい。金目当てでないとすれば、誰かに頼まれて手にかけたのだろう。

石田はそう考えて、卯吉を泳がせることにした。ところが昨日の夕方、手先が卯吉を見失い、今朝、湯島《ゆしま》天神裏で亡骸になって見つかったという。

「同心殺しを見たと言った卯吉が三日後に殺された。その意味するところは、二つしか考えられないと思うんですがね」

石田は北見の目の前に二本の指を突きつける。

「卯吉は栗山殺しの礼金を受け取ろうとして、依頼主に殺された。さもなくば、栗山を殺した下手人を強請ったせいで殺されたか。いずれにしても、卯吉を手にかけた者が栗山殺しの真の下手人ということでしょう」

すぐには言い返せないらしく、北見のにぶい歯ぎしりが聞こえる。一方、文治はたった今言われたことがにわかに信じられなかった。

「石田の旦那は、おれを下手人と思っていたんじゃ」

震える声で尋ねれば、石田はしゃがみ込んで文治の肩を抱いた。

「俺は通りすがりの小悪党より自分の手先を信じる。おまえを仮牢に入れたのは、卯吉を油断させ、しっぽを出させるためだった」

それから、あばた面を再びつらそうに歪めた。

「たった三日の取り調べで、おまえがこれほど痛めつけられるとは思わなかった。文治、すまなかったな」

「……ちょっと待て。卯吉が殺されたからと言って、その証言が嘘とは限らん。奴は堅気でなかったから、ささいな喧嘩沙汰で殺されたかもしれんだろう」

北見は己の面目にかけて文治を下手人にしたいらしい。憮然とした相手に石田は首を左右に振った。

「それは考えられません」

「なぜだ」

「卯吉は附子《ぶし》入りの酒を飲まされたんですから」

附子はほんの少量で間違いなく死に至る猛毒だが、石見《いわみ》銀山ねずみ取りのように容易《たやす》く手に入るものではない。もしごろつきの喧嘩沙汰なら、素手で相手をなぐり殺すか、刃物を使うに決まっていた。

「下手人は初めから卯吉を殺すつもりだったんでしょう。そして、その下手人は文治じゃない。北見さんもこれには異論がないと思いますが」

「だからと言って、卯吉が口封じのために殺されたとは決まっておらん」

石田の考えに北見はどこまでも抗《あらが》う。けれど、石田も引かなかった。

「そこまでおっしゃるなら、まずは卯吉殺しの下手人をお縄にしてください」

「なにっ」

「文治は手ひどく責められても栗山を殺していないと言い続けたはずだ。卯吉が死んでその証言がますます疑わしくなった今、怪我人の文治をこのまま大番屋に留め置くことはできません」

「もういい、勝手にしろっ」

北見は吐き捨てるように言い、玉吉を連れて立ち去った。それと入れ違いに相生町の仁吉が顔を出す。

「おう、文治。ずいぶん男前になったじゃねぇか」

「仁吉、不謹慎だぞ。おまえは佐賀町の玉吉と親しいんだろう。どうして好き勝手にやらせておいた」

出合い頭に叱責されて、仁吉は不満げに眉を寄せる。

「旦那はそう言いやすが、文治が無実だって証は何ひとつないんですぜ。北見の旦那は定廻り一の古株だし、あまり強いことは言えやせん。石田の旦那だって文治をちらとも疑わなかった訳じゃねぇんでしょう」

そうでなければ、大番屋には入れないはずだと仁吉が恨めしそうに言う。石田は顔の前で手を振った。

「いや、俺はあくまで卯吉を油断させるためにだな……文治を信じていなければ、手先として使うものか」

「俺だって文治に限ってと思ったから、誰にも内緒で卯吉の野郎を見張っていたんじゃありやせんか」

「そして、見失ったんだよな」

「ですが、卯吉が殺されたから文治の疑いが晴れたんでしょう。おい、文治。俺に感謝しろよ」

二人の言い訳がましいやり取りを文治はぼんやり聞いていた。

どうやら、石田も仁吉も自分を見放した訳ではなかったらしい。信じられない思いでいたら、石田が渋い顔で言う。

「何が感謝しろだ。おまえが卯吉を見失わなきゃ、本当の下手人をお縄にできたはずなのに」

「仕方ねぇでしょう。旦那が由松を使うなって言うからですぜ」

由松は口が軽い上に、文治と同じく後をつけるのが下手くそだ。辰三の子分をしていた卯吉に気付かれてしまう恐れがある。そのため、石田と仁吉の二人で卯吉の後をつけたのだとか。

「とにかく俺はこの三日、おめぇのせいでずいぶん苦労したんだからな。この貸しはいつか返してもらうぞ」

「卯吉を殺されて何が貸しだ」

ふんぞり返った仁吉と呆れ顔の石田を文治はかすむ目で見上げた。

北見と玉吉に責められながら、一体何度思っただろう。

どうしておれを信じちゃくれねぇ。おれは何もやっちゃいねぇと。

しかし、信じていなかったのは、むしろこっちのほうだった。

石田も仁吉も自分のために懸命に動いていたというのに。しかも、仁吉は見張りの合間に様子を見に来てくれた。

もし逆の立場だったら、おれは仁吉を信じただろうか。あいつだったらやりかねないと、案外疑ったのではないか。

張り詰めていた気が緩み、目の奥が熱くなるのがわかる。まずいと思ってうつむけば、

「すまなかった」と石田に言われた。

「栗山殺しの下手人を一刻も早く捕えるためとはいえ、おまえには迷惑をかけてしまった。こんなことになるのなら、おまえに栗山のことを言われたとき、動いておけばよかったんだ」

石田はかつて吟味方にいたとき、栗山の兄と親しかったらしい。だから、「末次郎を止められなかった」と苦しそうに呟いた。

「俺自身、大悟の人の好さに付け込んだ覚えはある。だが、そのせいであいつが身体を壊し、命を落とすなんて思っていなかった。言い訳にもならないが、そこまで無理をさせるつもりはなかったんだ」

挙句、弟の末次郎まで何者かに殺された。息子二人を失って、栗山家の老夫婦は嘆き悲しんでいるだろう。せめてもの償《つぐな》いにこの手で下手人を捕えたいと焦るあまり、文治につらい思いをさせた——石田は深々と頭を下げ、文治の縄を解いてくれた。

「これじゃ、当分仰向けには寝られないな」

「どんな恰好でも、牢の外なら御の字でさ」

心底からの言葉だったが、石田の眉の先が下がる。どうやら嫌みに聞こえたらしい。

「俺の手先は嫌になったか」

心配そうな顔で聞かれ、「いいえ」と文治は即座に答えた。

塚越のことがあってから、文治は町奉行所を信じられなくなっていた。それでも十手を握っていたのは他に何もできないからだ。

そのくせ、事あるごとに塚越と比べては石田にケチをつけていた。石田が自分を信じなくても文句の言える筋合いではない。

「今度の一件が落着したら、また御用を務めさせてくだせぇ」

たとえ仮牢を出られても、文治への疑いがすっかり晴れた訳ではない。何より、この身体ではしばらく動けないだろう。きっぱり言って頭を下げれば、石田がほっとしたようにうなずいた。

その後、駕籠《かご》に乗せられて文治が「たつみ」に戻ったところ、いきなりお加代に怒鳴られた。

「文さんの馬鹿っ。やってもいない殺しの罪で大番屋なんかに連れて行かれて……十手を預かっているくせに恥ずかしいとは思わないのっ」

そんなことを言われても、こっちだって好きで大番屋にいた訳ではない。文治は言い返そうとしたが、お加代の顔を見て言えなくなった。

こっちが牢にいる間、一睡もできなかったのだろう。真っ赤な目の下にはくまができ、たった三日でげっそりやつれてしまっている。

「その……心配かけて、すまなかったな」

いろいろ言いたいことはあるが、一番言いたいことを言う。

お加代は口と眉をへの字に曲げて肩を小刻みに震わせている。どうやら、涙を見せまいと歯を食いしばっているらしい。

はねっかえりのお加代に文治が気を揉むことはあっても、その逆は初めてかもしれない。かといって、「おれの苦労がわかったか」と口にする気はかけらもなかった。お加代にこんな顔をさせるなら、心配をかけられたほうがまだましだ。

文治の思いを察したのか、お仙が脇から口を挟んだ。

「お加代、さっさと二階に行って布団を敷いておいで。そんな顔で突っ立ってても、文さんの怪我は治らないよ」

お仙に肩を叩かれて、お加代は慌てて二階に上がる。文治が起き上がれるようになったのは、翌々日の昼過ぎだった。

「本当にひどい目に遭ったねぇ」

痣だらけの身体を見ながら、お仙がため息まじりに言う。文治はしみじみうなずいた。

「へえ、一時はどうなることかと思いやした」

「でも、戻って来られてよかったよ。お加代なんか大番屋に乗り込みかねない勢いだったんだから」

お上を敵に回しても信じてくれる人がいる。その喜びを文治は改めて嚙み締めた。

「姐さんにも心配をかけて、申し訳ありやせんでした」

「あたしのことは気にしなくていいさ。それより、本当の下手人の目星はついているのかい」

「いいえ。石田の旦那は卯吉か、卯吉を殺した下手人が栗山の旦那も手にかけたと思っているようですが……」

文治はその読みにかすかなひっかかりを感じていた。

栗山と卯吉を殺したのが同じ人物だとしたら、どうしてひとりは包丁で刺し、ひとりには毒を盛ったのか。それに卯吉が下手人を強請っていたのなら、差し出された酒を素直に飲んだりするだろうか。

　さらにわからないのは、下手人が卯吉に栗山殺しを頼んだ場合だ。附子を持っていたのなら、自ら毒を盛ればいい。わざわざ他人に頼むより、そのほうがはるかに安全で間違いがないはずなのに。

　腕を組んで考え込めば、お仙に厳しい目を向けられる。

「文さんはこれからどうするつもりなんだい」

「本音を言えば、この手で下手人を捕まえてぇ。ですが、この身体じゃそうもいきやせん。石田の旦那や仁吉親分が動いてくれていやすから、遠からず下手人は捕まるはずでさ」

　そうなれば、また大手を振って通りを歩くことができる。今度のことで石田や仁吉の意外な一面を知ることもできた。これからは今まで以上に頑張るつもりだ。

「本当の下手人が捕まらねぇと、『たつみ』の商いにも障るでしょう。迷惑をかけやすが、しばらく辛抱してくだせぇ」

「つまり、文さんは殺しの疑いがすっかり晴れたら、またぞろ十手を持って走り回るつもりなんだね」

　念を押すお仙の顔は今までになく冷たかった。文治はしまったと思ったものの、返す言葉が出てこない。

「あんたが大番屋から戻ったときのお加代の顔を忘れたのかい。文さんが戻って来ない間、あの子は本当にあんたの身を案じていたんだよ。それなのに、まだ懲りないっていうのかいっ」

「あの、姐さん」

「十手持ちなんて何がいいのかわかりゃしない。周りの人から恐れられ、悪党からは恨まれてさ。下手すりゃ死んじまうかもしれないのに、どうして続けたがるのか」

「それは、あの」

「悪党にお縄をかけるときは、さぞかし気分がいいだろう。でも、罪を犯した人が全部、根っから悪人って訳じゃない。どうにもならない事情があって、ついやっちまうこともあるんだ。そんな人を捕まえて一体何が楽しいのさ」

「ですから」

「いつこういう目に遭うかわからないから、十手を返上してお加代と一緒になれって言ってきたのに……文さんはあたしの言葉なんか、これっぽっちも聞いてくれないんだね」

言い訳する隙を一切与えず、お仙はくどくど言い募る。文治が途方に暮れていたら、お仙は大きなため息をついた。

「文さんの気持ちはよくわかった。そういうことなら、お加代と一緒にはさせられない。この店からも出てっとくれ」

文治の顔をじっと見据え、お仙は一気に言い放つ。母親代わりに突き放されて、文治は布団の上で凍りついた。

お加代と一緒になった挙句、駄目になってしまった場合は追い出されると思っていた。けれど、こんな形で「出て行け」と言われるなんて思わなかった。

しかしお仙にしてみれば、当たり前のことかもしれない。文治が御用を務める限り、命の危険はついて回る。そのたびに不安にさいなまれる娘を見るのは、母として忍びないのだろう。

ならば、十手を返上してお加代と一緒になればいいのか。そうすれば、これから先もお加代やお仙と一緒にいられる。

我が身を危険にさらさなくても、一膳飯屋の主人として生きていけばいいではないか。お加代だって心の底ではそれを望んでいるかもしれない。辰三親分だって、きっとわかってくれるはずだ……一度はそう思いかけたが、やはり違うと歯を食いしばる。

大番屋を出るとき、「これからも手先を務める」と石田に約束したのである。それに十手を返上すれば、自分と辰三を結ぶものが失われてしまう。

お加代がその身に流れる血で親分と繋がっているように、おいらは御用に関わることで親分と繋がっている——子供の頃、辰三に甘えるお加代を見るたび、文治は自分に言い聞かせた。

たとえ血は繋がっていなくても、この身は辰三の手足なのだ。辰三が姿を消した今もその思いは変わらない。

だから、死ぬまでお加代とお仙をこの手で守ろうと思っていた。

「姐さん、おれは……」

十手は返上できないけれど、これからもここに置いて欲しい。

そんな虫のいいことを文治が言いかけたとき、

「文さん、おっかさんの言うことなんて聞かなくっていいからね」

果たしていつから聞いていたのか、お加代がいきなり現れて甲高い声を張り上げた。

「おっかさん、あたしは十手持ちだから文さんと一緒になろうと思ったのよ。十手を持たない文さんなんてただのウドの大木じゃない」

「あ、あの、お加代坊」

「だいたい、おっかさんはあたしのいないところで勝手なことを言い過ぎなのよ。文さんと一緒になるのはおっかさんじゃなくて、このあたしでしょ」

「ふん、文さんが大番屋にいる間、大騒ぎしたのはどこのどなたかねぇ。十手を預かっている限り、またこんな思いをさせられるかもしれないんだよ」

「別にいいわよ。最後にちゃんと帰ってくれば」

文治がいるのを忘れたようにお加代はお仙にまくしたてる。その勢いに驚きながらも自然と顔が熱くなった。

お加代はいつからこんなふうに自分を思っていたのだろう。びっくりするやら、うれしいやらで、文治はにわかに舞い上がる。口をぱくぱくさせていたら、お仙が不意ににやりと笑った。

「まだ梅雨も明けていないのに、あついったらありゃしない。当人同士がそのつもりなら、好きにすればいいじゃないか」

着物の袖を両手で摑み、お仙はぱたぱたあおいでみせる。これ見よがしな姿を見て、お加代はたちまち真っ赤になった。

「おっかさん、引っかけたわね」

「別に引っかけた訳じゃない。あんたの気持ちを確かめただけさ。文さん、お加代はこう言っているけど、おまえさんはどうなのさ」

お加代の本心がわかったからには今さらためらう必要はない。文治は布団の上で額が膝頭につきそうなほど頭を下げた。

「おれはどんなことがあっても必ずここに帰ってきやす。お加代をひとりにはしやせんから、どうか一緒にさせてください」

思いの丈を言葉にすれば、お仙の明るい声がした。

「まったく、じれったいんだから。あたしの娘を不幸にしたら、たとえ文さんでも承知しないよ」

五月二十三日の七ツ（午後四時）過ぎ、「たつみ」の二階では仁吉の大声が響き渡った。

「だから、下手人捜しはこっちに任せて、じっとしてろって言ったじゃねぇか。だいたい、このにおいは何だ。俺は鼻が曲がりそうだぜ」

身体中塗り薬や膏薬《こうやく》で覆われた文治は寝間着姿のままである。薬が着物についたら面倒だと、お加代が着替えさせないからだ。

「文さんがこんな身体になったのは、佐賀町の玉吉に勝手をさせた仁吉親分のせいでもあるんでしょ。薬のにおいくらい我慢してちょうだい」

お加代が文治の隣で恨めしそうな声を出す。仁吉は仏頂面であぐらをかき、出されたお茶を一口飲んだ。

ちなみに、由松は文治を栗山殺しの下手人だと本気で思っていたらしい。文治が大番屋から出られたのは石田と仁吉のおかげと知り、「どうして俺ひとりを仲間外れにしたんです」とさんざん文句を言ったとか。

そのせいかどうか知らないが、今日は仁吉がひとりで来ていた。

「おまえが仮牢を出てから、まだ三日しか経っていねぇんだぞ。そんなに早く殺しの下手人が捕まるもんか」

仁吉はぶつぶつ言いながらも、わかっていることを教えてくれた。

卯吉は一時江戸患いがひどくなり、まともに歩くこともできなかったらしい。だが、去年の夏あたりから具合がよくなったとか。

「しかも、今年の春からは金回りまでよくなった。あんな小悪党をまともな医者が診てくれるたぁ思えねぇ。きっと背後に面倒を見る後ろ楯がいたんだろう」

その後ろ楯の命で栗山を手にかけた後、口を封じられたというのが石田と仁吉の考えらしい。なるほど、ありそうな話だけれど、文治が気になっているのは別のことだ。

「おれが調べて欲しいのは、山木屋の御新造についてでさ」

「そっちは助五郎に任せてある。芝は野郎の縄張りだしな」

「だったら、湯島の卯吉殺しだって親分の縄張りじゃねぇでしょう。それに、山木屋の件は石田の旦那に任されたと言っていたじゃありやせんか」

文治が平然と言い返せば、仁吉の顔に朱《あけ》が混じる。

せっかく人が殺しの疑いを晴らしてやろうとしているのに、言いがかりをつけんじゃねぇ
——不満そうな心の叫びが文治の耳にもはっきり聞こえた。

だが、こればかりは譲れない。

「今度の二件の殺しと山木屋のお佳津の狂言が繋がっているのか、はっきりさせてぇんです」

「お佳津の狂言って、おめぇはまだそんなことを言ってやがるのか」

「何べんだって言いやす。親分が姿を消してもう四年だ。おまけに、世間じゃとうに死んだと思われている。ちらりと顔を見ただけなら、どれほど似ていても別人と思って当然でしょう。それなのに、お佳津は『辰三親分に間違いない』と言い切ったんですぜ」

奪われた金は二十両で、捕まればまず死罪になる。よほど自信があったって普通は言い淀むものだ。

ところが、文治が繰り返し念を押してもお佳津は微塵《みじん》も揺るがなかった。そこのところが腑に落ちない。

「二十両は大金だが、山木屋の身代からすりゃはした金だ。信用第一の大店がわざわざ訴え出るのも妙じゃねぇですか」

すると、仁吉がにやりとした。

「だからこそ、断言したんじゃねぇか」

「えっ」

「死んだはずの辰三が生きていて、しかも悪事を働いた。これは放っておけないと意を決して訴え出たら、おめぇは手を替え、品を替え、『辰三じゃなかった』と言わせようとする。だから、お佳津もむきになったのさ」

「なら、辰三親分がお佳津を襲ったと」

「ああ、そうだ」

その瞬間、隣で控えていたお加代が悲痛な声を上げた。

「うちのおとっつぁんの人となりは、仁吉親分だってよく知っているはずでしょう。女を襲って金を奪うような人じゃないわ」

「おめぇがそう思いてぇ気持ちはわかる。だが、辰三が消えてもう四年だ。その間に人が変わっていたっておかしくねぇさ」

仁吉の返事は思いの外静かだった。お加代はさらに言い返そうとしたけれど、二の句がなかなか出てこない。

代わって、文治が両手を合わせて仁吉に頼む。

「庚申の親分は頼りにならねぇ。どうか、仁吉親分の手で山木屋のお佳津について調べてくだせぇ」

「いっそ芝で辰三を捜したほうがいいんじゃねぇか」

「いや、いるかいねぇかわからねぇうちの親分を捜すより、居場所のはっきりしているお佳津を調べたほうがいい。どうかお願いしやす」

木村に「辰三を見た」と言われてから芝で辰三を捜してきたが、「辰三を見た」と言っているのは木村の他にはお佳津だけだ。芝に住んでいる連中が誰ひとり見ていないのはどうしてなのか。

「たまたまと言われちまえばそれまでだが、おれはどうしてもひっかかるんです。どうか調べてやっておくんなさい」

「仕方がねぇ。そこまで言うなら、お佳津は由松に探らせる。おめぇはここでじっとしていろよ」

根負けした仁吉が承知して帰るなり、うつむいていたお加代の顔が上がる。

お仙は用足しに出ているので、店にいるのは二人きりだ。文治はにわかに浮き足立ったが、薬臭い身体ではこっちから手を出すこともできない。自分をとことん痛めつけた玉吉と北見が今さらながら恨めしかった。

「やっぱり、文さんも山木屋の御新造さんが怪しいと思っていたのね」

せっかく二人きりなのに、他に言いたいことはないのか。

いちゃついている場合じゃないと頭ではわかっているものの、互いに思い合っているとはっきりしたばかりである。もうちょっとその、男と女の何かがあってもいいだろう。

文治はがっかりしたけれど、すぐに気を取り直す。そもそもお加代にそういうものを求めるほうが間違っていた。

「そりゃ、そうだろう。うちの親分に限って女から金を奪うもんか」

迷うことなく断言すれば、お加代の顔がようやくほころぶ。文治は眉を撥ね上げた。

「おい、実の父親を疑っていたのかよ」

「あ、あたしは疑ってなんかいないわよ。でも、理久様が」

「理久様がどうかしたのか」

すぐさま先を促せば、お加代はいつになく頼りない目でこっちを見た。

「……自分も、夫を信じていたって」

ためらいがちに呟かれ、文治は束の間息を呑む。理久の目には父親を信じる娘の姿が昔の自分と重なったのか。

とはいえ、お加代はなぜ理久と会ったのだろう。辰三を見たという木村ならともかく、山木屋の件や栗山殺しに理久は関わっていない。不思議に思って尋ねると、娘はなぜか肩を揺らす。

「お加代、どうした」

ほどなくして、蚊の鳴くような声でお加代は言った。

「その……ひょっとしたらって、思ったから」

「何が」

「だから……理久様が栗山様を……」

お加代は語尾を濁したが、言わんとすることはわかった。とんでもない思いつきに文治の顎がだらりと下がる。

あの楚々とした理久が人殺しなどするものか。「勘繰りすぎだ」と言い切れば、お加代が頬を膨らます。

「でも、栗山様は包丁で刺されたんでしょう。包丁を使い慣れているのは、男よりも女だわ」

「それで女が殺ったってのか。だとしても、あの理久様が人を殺すはずがねぇ」

「それこそ危ない思い込みよ。人は見かけによらないんだからっ」

一度は栗山に「亡き夫の死の真相を突き止めて欲しい」と頼んだものの、時が経つにつれて後悔した理久が手にかけた――それがお加代の考えだった。

「馬鹿馬鹿しい。いくら何でもこじつけ過ぎだ」

「仕方ないでしょ。あのときは怪しいと思ったのよ」

お加代は木村のところで、「栗山様が殺された晩、御新造さんは家にいた」と奉公人に言われたらしい。

早々に疑いが晴れてよかったと文治は胸をなでおろす。一方、お加代は不満げに口を尖らした。

「どうして理久様にばかり肩入れするのよ」

「肩入れなんかしちゃいねぇ。あり得ねぇから、そう言っただけだ」

「だから、そういう思い込みが危ないって言っているのよ。由松が山木屋さんを調べてくれるなら、あたしは木村先生と理久様を調べるわ」

今度のことは、木村が「辰三を見た」と言い出したことから始まった。文治もそこは同意見だが、お加代が調べるのは反対だ。

「下手に嗅ぎ回って、物騒な連中を怒らせたらどうする気だ」

「木村先生の周りに物騒な連中なんていないわよ。それに本当の下手人が捕まらないと、店を開けられないんだから。あたしだってじっとしていられないわ」

文治が大番屋から戻っても、お仙は店を開けていない。ややして「すまねぇ」と呟けば、お加代はなぜかにっこり笑った。

「大丈夫。あたしが文さんに代わって下手人を見つけてあげるから」

翌日から、お加代は木村と理久のことを周囲に聞いて回るようになった。無論、お仙は渋い顔をしたものの、「文さんがいいなら、あたしがとやかく言うことじゃない」と許してくれた。

そして二日後の夕方、お加代は弾むような足取りで文治のところにやって来た。

「聞いて、聞いて。意外なことがわかったわよ」

「何だい、お加代。いい年してみっともないよ」

二階で文治の具合を見ていたお仙が渋い顔をする。お加代は頬を引きつらせた。

「おっかさん、お願いだから年、年って言わないでよ。あたしが年を取った分、おっかさんだって年を取っているのよ」

「年の話はもういいから、わかったことを早く言えって」

文治が慌てて口を挟むと、お加代が小さく舌を出す。それから、きれいな顔を文治の耳元に近付けた。

「木村先生は山木屋さんのかかりつけで、理久様はお佳津さんと親しいんですって」

ひそめた声で告げられて、文治はかすかに眉根を寄せる。どうやら、お加代は「お佳津が嘘をついたのは理久に頼まれたからだ」と言いたいようだ。

理久とお佳津は年が近いし、どちらも夫を亡くしている。似たような身の上の女が二人、特に親しくしていてもおかしくはないだろう。

それにいくら仲がよくても、お上を謀《たばか》る企みにお佳津が手を貸すものか。もしも嘘だと見破られたら、重いお咎めは免れない。下手をすれば山木屋を潰しかねないとわかっていて、引き受ける馬鹿はいないはずだ。

だが、頭ごなしに駄目を出せば、お加代はきっとふてくされる。文治は努めて控えめに言った。

「今度も考え過ぎじゃねぇのか」

「文さんこそ、理久様の肩を持ち過ぎよっ」

「あんたたち、祝言を挙げる前から夫婦喧嘩かい」

お仙がため息まじりに呟いたとき、階下で由松の声がした。お加代が「上がって来て」と言えば、足音に続いて襖《ふすま》が開く。

「何でぇ、二人して睨みあって」

「いつものことさ。それより何かわかったのかい」

目を瞠った由松にお仙が笑って尋ねる。由松はうなずいた。

「山木屋の跡継ぎ、ありゃ、お佳津の子じゃねぇんだ。亡くなった先代がよその女に産ませた子だ」

「そんなこたぁ言われなくたって知っている。わざわざそれを言いに来たのか」

文治に遠慮なくけなされて、由松はたちまちへそを曲げた。

「人がせっかく調べてやったのに、そういう言い方はないだろう」

「そうよ、文さん。今のは文さんが悪いわ」

お加代に由松の味方をされて、今度は文治がむっとする。一方、由松は機嫌を直し、お加代を見て話を続けた。

「お佳津は子ができなかったせいで、長らく肩身の狭い思いをしていたようだ。妾の子を引き取るときなんざ、『いっそ離縁してくれ』と亭主に泣いて縋ったそうだぜ」

「どうして山木屋の主人はお佳津と別れなかったんだ」

雛祭りに魚河岸で会ったお春のことを思い出し、文治は首をかしげる。

お春は身なりこそ粗末だが、いたって元気そうだった。お佳津が離縁を望んでいたなら、山木屋の主人は子を産んだ妾と一緒になればいい。

するとと、由松がけろりと答えた。

「そういう訳にはいかねぇんだ。お佳津の実家は蔵前《くらまえ》の札差で、山木屋はけっこうな金を借りているから」

妻を離縁しようものなら、借金の取り立てが厳しくなる。加えて、嫁入りのときの持参金も返さなければならない。山木屋の主人はそれが嫌なばっかりに、お佳津と別れなかったとか。

「もっとも、お佳津は離縁しないでもらったおかげで山木屋の身代が手に入った。果報は寝て待てってなぁ本当だぜ」

心底そう思っているらしく由松は何度もうなずく。すかさず、お加代が問いを発した。

「山木屋のお佳津さんと誰が親しいか、由松さんは知っているかしら」

「あたぼうよ。橘屋《たちばなや》の後家や伊東屋《いとうや》の後家、あと理久様とも親しいらしい。亭主に先立たれた女同士、ちょくちょく会っているみてぇだぜ」

橘屋と伊東屋も文治の縄張りの大店だ。どちらも去年の流行病で主人が亡くなり、跡継ぎはいなかったはずである。

同じ身の上の女が集まり、我が身の不運を語り合う。いかにもありそうな話だが、文治は妙に引っかかった。

四人の女たちは突然亭主を失っている。ただし理久だけ病死ではなく、しかも木村に嫁いでいる。さらに言えば、木村は山木屋のかかりつけの医者だ。きっと亡くなった主人も診てもらったに違いない。橘屋と伊東屋も木村に診てもらっていたとしたら、どうして理久と親しいのか。

厠風邪が死病なら、医者を恨むのは筋違いだろう。しかし、厠風邪で亡くなった大半は、元から具合の悪かった者や年寄りと女子供である。日頃元気な壮年の男で死んだ者は少ないはずだ。

そういえば、立て続けに患者が亡くなり、木村の評判が前より下がったと聞いたことがある。

文治の疑いはだんだん物騒な考えに変わっていった。

八

文治が朴念仁だということは、よくわかっていたつもりである。

けれど、一緒になると決まってすぐに、他の女の肩を持つとは一体どういう了見なのか。

お加代はすっかり腹を立て、理久の実家の野澤屋や八丁堀の周辺で理久のことを聞いて回った。

――野澤屋の先代は、娘を同心に嫁がせるのは気が進まなかったみたいだから、こんなことになってしまって、あの世でそれ見たことかと思っているんじゃないかねぇ。

――八丁堀一のおしどり夫婦と呼ばれながら、夫が亡くなって一年半で再縁なさるとは。町人上がりは尻が軽くていけません。

――せめて跡継ぎの子がいれば、塚越の家を残せたものを。

――塚越さんは御内儀に子ができるという望みを捨て切れなかったんだろう。

聞いた話をまとめると、理久と塚越は親の反対を乗り越えて結ばれた夫婦だったらしい。それゆえ塚越は理久に子ができなくても、離縁するどころか妾すら作らなかったようだ。そして、最後まで己が陰でしている悪事を打ち明けなかった。

どうせ「大事だから隠していた」と男たちは言うのだろう。けれど、女にしてみれば「信じてもらえなかった」と感じるだけだ。

――たとえ天地がひっくり返ろうと、夫が悪事を働くはずがない。私もかつてはそう信じておりました。

お加代が文治と父の無実を訴えたとき、理久は静かにそう言った。

あのとき、理久の一重の目にほの暗い喜悦が浮かぶのを見て、お加代ははっきり感じたのだ。

ああ、あたしはこの人に憎まれていると。

けれど、どうして憎まれるのか、心当たりはまるでない。

ならば、憎まれていると感じたことが勘違いだったのか。山木屋のお佳津は本当のことを言っており、信じない自分が愚かなのか……ときどき心が揺れたけれど、父の口癖を思い出して「やはり違う」と思い直した。

——いいか、どんなことにでも「人となり」ってもんが出る。いくらもっともらしくても、ひっかかることがあるのなら、うっかり鵜呑みにしちゃならねぇ。

自分の知る父はどれほど金に困っても女を襲ったりしない。そう信じ直して理久と木村を調べてみたら、木村は山木屋出入りの医者で、お佳津と理久は親しいとわかった。

きっとあたしを苦しめようと、理久はお佳津に嘘をつかせたに違いない——お加代はすぐさまそう思ったが、文治は「考え過ぎだ」と理久をかばう。

由松が「たつみ」にやってきたのは、お加代が頭から湯気を立てていたときだった。

「……奴の話、どう思った」

お佳津のことをしゃべり終えて由松がいなくなってから、文治が暗い声を出す。お加代はあえてそっぽを向き、「文さんはどう思うの」と聞き返した。

「あたしが理久様とお佳津さんが親しいって言ったときは、考え過ぎだって言ったくせに。由松が同じことを言ったとたん、理久様を疑い出したっていうの」

「おれが引っかかったのは、理久様がお佳津と親しいことじゃねぇ。橘屋と伊東屋の後家とも親しいと言われたことだ」

　橘屋は山木屋と同じ大伝馬町にある木綿《もめん》問屋、伊東屋は通旅籠町《とおりはたごちょう》にある青物問屋だ。どちらの店も昨年の流行病で主人が亡くなっていた気がする。

　稼業や店の場所は違えど、三人は同じ身の上だ。それこそ「親しくて当然でしょ」と言いかけて——お加代も何かが引っかかった。

「大店の後家三人が親しいのはわかるとして、そこに理久様が加わるのは妙かもしれないわね」

　山木屋同様、橘屋と伊東屋も木村にかかっていたのだろうか。その縁で後添いの理久と親しくなっても何らおかしくないけれど。

「去年の流行病で亡くなったのは、夏の大雨で災難に遭った人が多かったわよね。山木屋さんたちは持病でもあったのかしら」

「いや、三人とも人一倍達者だったはずだ。厠風邪で亡くなったと聞いたときは、おれも耳を疑ったぜ」

　異を唱える文治はひどく険しい顔をしている。お加代は不審を覚えつつ、「だったら」と口ごもった。

　名医と評判の木村がなぜ三人の主人を救えなかったのだろう。「上手《じょうず》の手から水が漏れる」という言葉もあるし、そもそも生老病死は人智の定めるところではない。

しかし、厠風邪にかかって助かった人は大勢いる。それを思えば、夫を亡くした妻たちは木村を恨んで当然だ。勢い理久とも疎遠になりそうなものなのに、今でも親しくしているなんて。

夫を死なせた医者の妻と親しく付き合う事情とは……ややしてお加代の背に冷たい何かが這い上った。

「もしかして、橘屋と伊東屋にも子供がいないの」

「ああ、そうだ。しかも山木屋のお佳津と一緒で、御新造さんたちの実家はたいそう金持ちだって話だぜ」

つまり、夫が生きている限り「子を産めない妻」として蔑まれるということだ。派手な女遊びを続ける夫を責めることすら許されず、どれほど離縁を望んでも夫が承知しないとしたら……。

「御新造さんたちは、亭主の死を願っていたかもしれないわね」

そうすれば、自分が女主人となり自由に生きることができる。やさしい男と再縁して女としての幸せを摑み直すこともできるだろう。今から子を産むのが無理なら、自分の縁者を養子にして店を継がせればいい話だ。

お加代の呟きに文治の目が鋭さを増す。

「願っただけで、人は死なねぇ」

陰にこもった言葉を聞いて、お加代はじっと文治を見る。背筋を這う悪寒はますます強くなっていった。

「亭主に死んで欲しい女が三人、揃って流行病で願いをかなえるなんて都合がよすぎると思わねぇか」

「でも、木村先生が」

「すべて承知で見逃したとすりゃ、何も不思議なことはねぇ」

物騒な話の成り行きに母も驚いたのだろう。「ちょいとお待ちよ」と口を挟んだ。

「あの木村先生に限って、そんなことをするもんか。そいつは文さんの考え過ぎだよ」

「そうよ。山木屋さんたちは病で亡くなったんでしょう」

「……亭主に毒を盛ったのは三人の御新造だろう。だが、そいつを病死としたのは木村先生だ」

厠風邪が猛威を振るっていた去年の冬、江戸では毎日のように野辺送りがあった。早桶は作るのが間に合わず、貧乏人はその辺の空き樽で間に合わせたと聞いている。坊主は師走《しわす》の前から走り回り、「誰それが亡くなった」と耳にしても驚かなくなっていた。

「山木屋たちが厠風邪にかかっていたのは確かだろう。だが、三人が三人、持病もねぇのにぽっくり逝くたぁ思えねぇ。たぶん寝込んでいるときに、薬と称して御新造に毒を盛られたんだろう」

非力な女が殺しをするとき、毒は好んで使われる。まして元から寝込んでいれば、毒を呑んで死んだとしても「病で死んだ」と周囲は思う。「これくらい楽な殺しはねぇ」と文治は続けた。

「ただし、医者が診れば病死か毒死かひと目でわかる。名医と評判の先生が見間違えるはずがねぇ。そもそも殺しに使う毒を大店の御新造がどうやって手に入れる」

薬種屋では薬を売る際、買った相手の名と素性、そして何を売ったかを控えることになっている。危険な薬を素性の怪しい者に売ったり、控えを取らなかったりすると、店がお咎めを受けるのだ。

たとえ大店の御新造であろうと、医者でない者においそれと毒など売るはずがない。そこのところはお佳津たちも承知していたはずである。

「それじゃ、木村先生が毒を渡したっていうの」

震える声で尋ねれば、文治が小さくうなずいた。

「毒を盛って殺す気なら、その扱い方を知らなきゃならねぇ。中途半端に呑ませたら、助かっちまうかもしれないからな。息の根を間違いなく止めようと思ったら、医者を抱き込むのが一番だ」

「まさか、そんな……どうして木村先生がそんな恐ろしいことに手を貸さなくちゃいけないのよ」

去年の秋から冬にかけて、木村は文治以上に忙しく飛び回っていた。道でばったり出くわしたとき、「もう年なんですから、無理しないほうがいいですよ」と憎まれ口を叩いたお加代に木村は笑って言ったのだ。

――大勢の患者が病の苦しみに耐えている。こんなときに医者が無理をしないでどうするんだい。

そんな木村が人殺しに手を貸すなんて考えられない。とっさに目を閉じ耳をふさげば、かすかに文治の苦しそうな声がした。

「おれもそうだと思いてぇ。けど、そう考えれば、お佳津が『親分に二十両を奪われた』と嘘をついた理由もわかる」

真実金を盗まれていても、自分の訴えで人が死ぬと思ったら普通は訴え出にくいものだ。そこで十両以上盗んだ者がお縄になったとき、事情によっては金額を「九両三分二朱」に改めてやることがままあった。

「木村先生がお佳津の夫殺しに手を貸していたら……木村先生か理久様に頼まれれば、嫌とは言えねぇからな」

「どうして、そんな……うちの人を無実の罪で殺そうとするんだい」

「やっぱり、理久様はあたしを苦しめたいのよ」

お加代の唐突な呟きに母は面食らったらしい。「何で、おまえを」と言い返されて、お加代は眉根を寄せた。

「何でかはわからないけど……文さんが捕えられたとき、あたしははっきり感じたもの。木村先生は理久様の色香に迷って道を踏み外してしまったのね」

母は信じられないと言いたげに口を押さえ、ややしてそっと目を伏せる。

「文さんも同じ考えかい」

「お佳津は理久様と親しかった。木村先生が主人殺しの片棒を担いだのは、おれもお加代が言うように、理久様に頼まれたからだと思いやす」

ただし、「理久様がお加代を憎み、お佳津に嘘をつかせたとは思えねぇ」と続けたため、お加代は眉をつり上げた。

「なら、文さんは他にどんな理由があるっていうのよ」

「そいつはまだわからねぇ。けど、どうして理久様がそこまでおめぇを嫌わなくっちゃならねぇんだ」

「そんなの、こっちが聞きたいわ」

なかなか納得しない文治にお加代はますます腹を立てる。

生きていれば、思わぬところで逆恨みをされるものだ。幼馴染みのお八重だって器量よしのお加代を人知れず憎んでいた。

「ひょっとしたら、理久様もあたしの若さと器量を妬んで」

「おい、寝言は寝てから言いやがれ。どうして理久様がおめぇみてぇなはねっかえりを娶まなくっちゃならねぇんだ」

「何よ。文さんたら理久様、理久様ってむこうの肩ばっかり持って。そんなに理久様がいいなら、理久様と一緒になればいいでしょっ」

「馬鹿なことを言ってんじゃねぇ」

「ああ、もういい加減におしっ」

お加代と文治が睨み合ったところで、母がぴしゃりと言う。しかし、その顔はいつになく疲れて見えた。

「お加代、そうまで言うならあんたが思う通りに調べてごらん」

「えっ」

「文さんはまだ動けないし、こんな話を他人様に聞かせる訳にはいかないだろう。だったら、おまえが動かぬ証を見つけるしかないじゃないか」

まさか母からこんなことを言われるなんて、夢にも思わなかった。今まで捕物に関わることを誰より嫌っていたというのに。

「姐さん、いいんですかい」

文治も信じられないらしく、わざわざ念を押している。母は「仕方ないだろう」と肩をすくめた。

「うちの人と文さんの疑いが晴れない限り、あんたたちの祝言もできないんだから」

たちまちお加代と文治は赤くなり、二人同時にうつむいた。


翌日から、お加代は橘屋と伊東屋についても調べ始めた。思った通り、この二軒も木村がかかりつけの医者だった。

主人が死んで半年、橘屋と伊東屋の後家は商いを番頭にすべて任せ、遊び暮らしているらしい。奉公人の中には「旦那が死んで喜んでいる」と陰口を利く者もいたが、その死を怪しんではいないようだ。

「三人の御新造は、理久様が木村先生に嫁いですぐに親しくなったみたい。どこも夫から心ない言葉を浴びせられていたようよ」

橘屋と伊東屋の主人たちも「跡継ぎを作るためだ」と言って、妾を囲っていたらしい。妻を離縁しなかったのは、山木屋同様、裕福な妻の実家と縁を切りたくなかったからだろう。

「ただし、妾との間に子ができたのは山木屋さんだけ。橘屋と伊東屋は妾にもできなかったみたい。二人の旦那は自分が種なしだってことを認めないで、御新造さんに無実の罪を着せたのよ」

お加代が唾を飛ばして訴えると、なぜか文治の顔が強張る。たとえ他人事《ひとごと》でも「種なし」と言われるのは応えるのか。

「他には」

「これと言ってないけど……あたしも文さんの考えが当たっているって気がしてきたわ」

亡くなった三人の主人はやり手の商人だったが、いい夫とは言えなかった。「おまえが子を産めないから、無駄な金を使うことになった」と言い、好きでしている女遊びを御新造のせいにしていたのだ。

こういう話を耳にすると、しがない一膳飯屋の娘でよかったとしみじみ思う。いい着物を着てうまいものが食べられたって、好きでもない亭主に理不尽なことを言われながら一緒に暮らすなんてまっぴらだ。

そしてふと、亡くなった鳴海屋茂兵衛を思い出した。

「子ができないと三年で離縁するなんてひどい仕打ちだと思っていたけど、山木屋さんたちに比べれば、まだましな気がしてきたわ」

若いうちなら実家の親も生きているし、別な男とやり直すこともできるだろう。最後の妻のお菊だって若くして一人目の亭主と死に別れたから、鳴海屋の後添いに納まることができたのだ。

しかし、二人目の茂兵衛も死んでしまい、またもや後家に逆戻りである。この先、お菊はどうなるのだろう。通夜で見た頼りない姿を思い出して、お加代は他人事ながら心配になった。

そういえば、あのときも理久がお菊のそばにいた。嘆き悲しむ御新造をかばい、茂兵衛の叔父と真っ向から言い争っていた。そのせいかどうか知らないが、お菊が鳴海屋を追い出されたという話は聞かない。

ひょっとして、鳴海屋はお菊さんが継ぐことになったのかしら——何とはなしに思った刹那、お加代は息をするのを忘れた。

お菊はお佳津たち三人と年も違うし、育ちも違う。けれど、理久と親しい大店の御新造で、子供はまだ生まれていない。

茂兵衛は身籠らない妻を片っ端から離縁している。実家に金のあるお佳津たちと違い、お菊は店から追い出されたら貧乏暮らしをすることになる。

もし、お菊がこれからも鳴海屋の内儀でいたかったら……手をこまぬいて三行半《みくだりはん》を待っていたりするだろうか。

十中八九、茂兵衛の子はできないことがわかっていて。

「ねぇ、文さん」

「何だよ」

「妻に毒を盛られたのって、山木屋、橘屋、伊東屋の三人だけかしら」

かすれる声で呟けば、文治が大きく目を見開く。こちらの言わんとすることがすぐにわかったらしい。

「何だよ、他にもいるってのか。厠風邪で死んだ大店の主人が」

お加代はごくりと唾を呑んだ。

「厠風邪じゃないけど、思い当たる人がいるの」

「誰だ」

「今月五日に亡くなった、鳴海屋さん」

十分あり得ると思いつつも、さすがに声が小さくなる。

木村や理久と知り合いとはいえ、他の三人とは事情が異なる。それでも、お加代は疑わずにいられなかった。

「茂兵衛さんは『お菊さんを最後の妻にする』と木村先生に言ったというけど、いつ気が変わるかわかったものじゃない。生きていればお菊さんを離縁して、今年中にも別の人と一緒になったかもしれないわ」

そこで、先手を打ったんじゃないかしら――さらに小さくなる声に、文治は太い眉をひそめる。

「鳴海屋は卒中で死んだことになっていたな。あり得る話かもしれねぇが、お菊は嫁いで三年目だろう。身代目当ての殺しに木村先生が手を貸すかな」

文治に問い返されたとたん、お加代の自信も揺らいでしまう。

けれど、通夜で見た理久と木村を思い出して、やはり怪しいと思い直す。そういうことでなかったら、茂兵衛の身内の相馬屋にもっと遠慮をしたはずだ。

「このまま放っておけば、鳴海屋さんのような人がもっと出るかもしれないわ。何とかしないと」

「だが、四人の亡骸はとうに土の下だ。証は何もねぇんだぞ」

おまけに、証がないことを下手人たちは承知している。力ずくで責め立てても、決して白状しないだろう。

山木屋たちは亡くなって半年、鳴海屋だって二十日が過ぎている。今さら墓を暴いたところで、出てくるのは腐り果てた亡骸だけだ。毒死か病死かの見分けなどつかなくなっているに違いない。

なぜ理久は木村を巻き込んで、四人の妻の夫殺しに手を貸したりしたんだろう。木村は裕福だから、金目当てとは考えづらい。もしかして、自分を裏切った夫への恨みを他人の夫にぶつけていたのか。

だとしたら、殺された主人たちはとばっちりもいいところだ。きっと成仏できないまま、この世をさまよっているのでは……。

同じ女としてお佳津たちの身の上には同情する。だからと言って、人を殺していいはずがない。

お加代はぐっとこぶしを握り、思いつきを口にした。

「ねぇ、文さん。人は成仏できないと、どうなると思う」

唐突な問いかけに文治は目をしばたたいた。

九

どうして、こんなことになっちまったんだろう。

文治は布団の上であぐらをかき、枕元に飾られた紫陽花《あじさい》の花を睨んでいた。

五月二十日に大番屋を出て、明日で十日になる。お加代のまめな手当てのおかげで身体の痛みは治まってきた。多少無理をすれば、今すぐ床上げもできるだろう。

だが、動けるようになったところで特にできることはない。栗山殺しの下手人はまだ捕まっていないため、下手に動けば藪蛇《やぶへび》になる。しかも、それとは関わりのない別の殺しが浮かんできた。

証は何もないけれど、たぶん間違いないはずだと文治の勘が告げている。ただし、すべてに関わっていると思われる理久の気持ちが摑めなかった。

子ができないせいで長く虐《しいた》げられてきた女たちを救うために、夫殺しに手を貸した気持ちはわからないでもない。けれど、木村に「芝で辰三を見た」と言わせ、お佳津に「辰三に金を奪われた」と訴えさせたのはなぜなのか。

お加代は「あたしを憎んでいるからよ」と言い張るけれど、二人は数えるくらいしか顔を合わせていないはずだ。たいして知らない相手を憎み、苦しめたいと思うだろうか。

「どうして、こんなことになっちまったんだろう」

思いを改めて声に出して、文治は深いため息をつく。

塚越さえ大店を強請ったりしなければ、辰三がいなくなることも、四人の大店の主人が亡くなることもなかったはずだ。木村が理久と一緒になり、医者の道を踏み外すこともなかっただろう。

四人の御新造による夫殺しが明らかになっても、同心殺しと卯吉殺しはまったく先に進まない。おまけにどこも大店だから、表だって裁かれたら騒ぎになるのは必定だ。お菊はともかく、お佳津たちの実家だってとばっちりを免れまい。

いっそ、気付かないほうがよかったのか。

しかし、そこがはっきりしなければ、辰三にかかった疑いは晴れない。どうしてこんなことになったのだろうと、文治はまたぞろ言いたくなった。

紫陽花は咲く場所によって花の色が変わるという。

木村の後添いにならなければ、いや、塚越と一緒にならなければ、理久も人の道に外れた花を咲かせることはなかったのか。

「文さん、薬を取り換えるわよ」

じっと紫陽花を見つめていたら、薬とさらしを抱えてお加代が入ってきた。そして「あら」と呟いて、意外そうに目を瞠る。

「何だよ。おれが花を見ていちゃ、おかしいか」

この紫陽花はお加代が活けてくれたものだ。柄にもなくて悪かったなと文治がふてくされていると、お加代が慌てた様子で言った。

「そんなことはないけれど、あんまりじっと見ているから心配になっちゃって。いくらお腹が空いてても、紫陽花は食べちゃ駄目だからね」

誰が食うかと言う前に、お加代が真面目な顔で続ける。

「紫陽花は毒があるんだから。食べたら、お腹を壊すどころじゃすまないわ」

中には死ぬ者もいると言われて、文治はぎょっとしてしまう。それでなくても、毒を使った殺しについて考えているところである。身近なところに毒を置かれて、気分のいいはずがない。

「そんなもんを怪我人の枕元に飾るなよ」

「だって、見ている分にはきれいじゃないの。口に入れなきゃ大丈夫よ」

あっけらかんと返されて、文治は頭が痛くなる。

お加代に隠れて浮気なんぞしようものなら、すぐさま毒を盛られそうだ。くわばらくわばらと思いつつ、話を変えることにした。

「ところで、いつから店を開けるんだ。おれの身体はもう心配いらねぇから、休んでいるこたぁねぇ」

「何言ってんの。栗山様を殺した本当の下手人が捕まらないと、世間の人は納得しないわ。それに、あたしは鳴海屋さんの見張りで忙しいのよ」

お仙から「おまえが証を見つけるしかないじゃないか」と言われたお加代は、このところ鳴海屋を見張っている。文治はそれを止めさせたくて「店を開けろ」と言ったのだが、お加代はその気になってくれない。

ならばと、鳴海屋の様子を聞いた。

「お菊に動きはあったのか」

「脅し文を出してから二日しか経っていないもの。でも、お菊さんはかなりうろたえているようよ」

意地の悪い笑みを浮かべ、お加代は楽しそうに言う。お加代は大胆にも自らが書いた脅し文を直《じか》にお菊に手渡した。読んだ相手が果たしてどんな顔をするか、しかと確かめたかったらしい。

――鳴海屋の主人は妻のお菊に殺された。

短い一文を目にしたとたん、お菊はあからさまに怯えたそうだ。「誰がお加代さんにこんなものを」と青い顔で尋ねられ、お加代は「店の前で知らない男に頼まれた」と答えたという。

そして「何て書いてあったんです」とわざと聞いてみたところ、お菊は無言で奥に入ってしまったとか。

「どこの誰ともわからぬ奴に『人殺し』と名指しされ、平気でいられる女はいねぇ。お菊が無実だとしても、震え上がって当然だ」

「あら、身に覚えがないのならすぐに番屋に届けるでしょう。未だに届け出ないのは覚えがあるってことじゃないの」

「身に覚えがなくっても、面倒を嫌ってだんまりを決め込む奴もいるさ」

「やけに突っかかるわね。だったら、文さんはあれ以外に確かめる手があるっていうの」

あれとはお加代が思いついたお菊に口を割らせる仕掛けだ。果たしてうまくいくかどうか、文治は五分五分と思っている。

「それより、ひとりで勝手にうろついて何かあったらどうする気だ。お菊が亭主を殺していたら、その秘密を守るためにどんなことでもするだろう。おれも明日からおめぇと一緒に鳴海屋を見張る」

「駄目よ。薬のにおいをぷんぷんさせて大男が立っていたら目立つもの。文さんが出るのは最後でいいわ」

た。

「そんなことを言っていて、おめぇの身に何かあったら取り返しがつかねぇ」

うっかり本音を漏らしたら、お加代の頬が赤くなる。だが、首を縦に振ってはくれなかった。

「大丈夫よ。あたしは前から鳴海屋さんで買い物をしているもの。頻繁に行き来をしたところで、誰も変だと思わないわ」

「けど」

「それに昨日、お菊さんは相馬屋に出かけたんだから」

脅し文の送り主が相馬屋ではないかと勘繰った末のことだろう。でなければ、仇とも言える相手のところへ足を運ぶはずがない。

「相馬屋さんと話したことはさすがにわからないけど、店から出てきたお菊さんは今にも倒れそうな様子だったわ。相馬屋さんの仕業じゃないと知って、ますます不安になったんでしょうね」

得意げに語られるお加代の言葉が文治の気持ちを逆なでする。

自ら動けないことがこんなに不安でじれったいとは。知らず奥歯を嚙み締めたとき、文治はふと思い当たった。

今までお加代は似たような思いをさんざんして来たに違いない。父を、文治を思うがゆえに、待つことしかできない我が身がとことん歯がゆかったはずだ。

こんな怪我でもしなければ、自分は待つ身のつらさなんて一生気付かなかったろう。これも怪我の功名かと、文治はひそかに苦笑した。

「しかも、六日後の六月五日に木村先生と理久様が揃って江戸からいなくなるの。あれを仕掛けるにはもってこいだわ」

かつて病を治してやった川崎宿《かわさきしゅく》の旅籠の倅が嫁をもらうことになり、「祝言にはぜひ木村先生と御新造さんに来て欲しい」と使いを寄越したそうだ。

「その日は茂兵衛旦那が亡くなって最初の月命日よ。きっと川崎の御大師様が力を貸してくだすったんだわ」

一度も参ったことのない遠く離れた御大師様が力を貸してくれるだろうか。文治は首をかしげたものの、あえて聞かないことにした。

「とにかく、鳴海屋の見張りはおれも一緒にする」

再び口にしたとたん、お加代に背中を叩かれる。文治はたまらず悲鳴を上げた。

「な、何しやがるっ」

「そんな声を出すようじゃ、床上げなんてまだ先ね。ほら、薬を塗ってあげるから寝間着を脱いで」

しかめっ面で命じられ、文治は渋々寝間着を脱ぐ。お加代は手早くさらしをほどき、手のひらで薬を塗っていく。

「まだ、どこもかしこもまだら模様じゃないの。それに文さんは大きくて、ただでさえ見張りに向いてないのよ」

「素人よりはまだましだ」

むっとしながら言い返せば、お加代の手が動きを止めた。

「……文さんがあたしを案じているのはわかってる。でも、あたしだって文さんが心配なんだから」

背中越しに聞いた声は、強気な娘の発したものとは思えないほど頼りない。思わず「お加代」と呼びかけたら、またもやぴしゃりと叩かれた。

「痛《いて》えっ」

「人にさんざん心配をかけたんだから、少しは思い知ればいいのよ。今度怪我をして帰ってきても、面倒なんか見てやらないから」

文治が言い返せないでいる間に、お加代はさらしを巻き終えてさっさと部屋を出てしまった。


六月五日は朝から青空が広がった。

江戸の澄んだ青空が川崎まで続いていれば、今夜祝言を挙げる二人も喜んでいるに違いない。木村と理久もたまの遠出を楽しむことができるだろう。

「文さん、木村先生と理久様は出かけたわよ」

張り詰めた面持ちでお加代が「たつみ」に戻ってきた。

木村たちが出かけたのを確かめてから、鳴海屋の庭に脅し文を投げ込むことになっていた。お加代が帰ったということは、無事お菊の手に文が渡ったらしい。

「おれはこれから鳴海屋を見張るが、むこうが動くのは恐らく夜だ。長い一日になるはずだから、おめぇは今のうちに休んどきな」

「ええ、わかってる」

お加代は大きくうなずいたが、その表情は今までになく不安げだ。お菊が引っかかってくれるかどうか、にわかに心配になったのか。

文治はお加代の肩を叩いた。

「大丈夫だ。お菊はきっと動く」

「でも、おかしいって気付かれたら」

「たとえおかしいと思ったって、自分の目で確かめずにはいられねぇはずだ。お菊が真実茂兵衛に毒を盛っていたらな」

幾分強い調子で言えば、お加代が「そうね」と口の端を上げる。表情は硬いままだったが、いくらか落ち着いてきたらしい。文治は「行ってくる」と声をかけ、久しぶりに表に出た。

茂兵衛が死んでひと月が経ち、すっかり真夏の陽気になった。時刻はまだ五ツ（午前八時）なのに、額に汗が浮かんでくる。

お菊は今頃、汗は汗でも冷や汗をかいているはずだ。何食わぬ顔で鳴海屋の前を通り過ぎ、店の裏へと足を進める。その途中で文治は由松と出くわした。

「こりゃ、めでてぇ。文治もようやく床上げか」

こっちはおめぇに会ったせいでめでたくねぇ——と顎の下まで込み上げたが、揉めると話が長くなるので「ああ」と一言だけ言った。

「ところで、栗山様殺しと卯吉殺しは、その後どうなった」

「今まで寝ていた奴に教える義理はねぇよ」

よほどはかばかしくないようで、由松はそっぽを向いて立ち去る。文治は「こんなところで何をしている」と聞かれなかったことにほっとしつつ、自分のやっていることにかすかな後ろめたさを感じた。

もしもお菊が無実なら、自分とお加代は夫を亡くして間もない女をいたずらに苦しめていることになる。こんなことをしている暇に、栗山や卯吉を手にかけた下手人を追いかけるのが筋ではないか。

いや、殺しかどうかは定かでないから、はっきりさせるべきなのだ。文治は自分に言い聞かせて様子をうかがい続けたものの、お菊はいい天気にもかかわらず、日のある間は一歩も外に出なかった。

お加代がこっそりやって来たのは、暮れ六ツ（午後六時）の鐘が聞こえてから少し過ぎた頃だった。

「文さんは風下に立ったほうがいいわ。まだちょっと薬臭いわよ」

「見張りに風下も風上もあるか」

お加代が持ってきた握り飯を食べながら、今度は二人で鳴海屋を見張る。お菊が今夜動かなければ、あれはしくじったということだ。明日の昼過ぎには、木村たちが江戸に戻ってきてしまう。

時刻は六ツ半（午後七時）になり、五ツ（午後八時）になり……だんだん通りの人影も途絶えがちになる。

まさか、お菊は動かないのか。

二人が不安を覚えた五ツ半（午後九時）頃、木戸のきしむ音と共にようやくお菊が店から出てきた。自ら右手に提灯を持ち、供も連れずに歩き出す。

お菊の行き先は夫の菩提寺《ぼだいじ》、谷中《やなか》の常明寺《じょうみょうじ》だろう。

「人に見られたら、月命日の墓参りとでも言うつもりかしら」

相手が引っかかったのを見て、お加代が小声で軽口を叩く。文治は「黙って歩け」と窘めた。

夜に後をつけるのは、簡単でもあり難しくもある。つける相手の提灯が目印になる一方で、周りが静まり返っているのでこっちの足音が響くのだ。女は特に臆病だから、たびたび足を止めたりする。

ところが、お菊は立ち止まらずにひたすら先を急ぐ。おかげで文治は助かったが、お加代は息を切らしていた。

夏は肝試しの季節とはいえ、夜の墓場にやって来る物好きはめったにいないものだ。人っ子ひとりいない真っ暗な墓場に辿り着いても、お菊の足取りは変わらなかった。

まっすぐ夫の墓へ行き、その前でようやく立ち止まる。それから持っていた提灯を近くの木の枝に引っかけると、その辺に落ちていた板切れを使って墓の真下を掘り始めた。

しかし、非力な女のやることなのでいっこうにはかどらない。

これ以上死者の眠りを妨げるべきじゃないと、文治はお菊に声をかけた。

「こんな夜更けに夫の墓を暴くってなぁ、穏やかじゃねぇな」

「だ、誰っ」

お菊は怯えた声を上げ、提灯を掲げて凍りつく。

「ぶ、文治親分」

「それに女の細腕じゃ大変だろう。おれが手を貸してやろうか」

「いえ、こ、これは」

提灯の灯《あか》りがうろたえるお菊の顔を照らす。そのとき、文治の後ろからお加代が一歩前に出た。

「何なら、あたしも手伝いますよ」

お加代の姿を見たとたん、脅し文の送り主がわかったようだ。お菊は狂ったように首を左右に振った。

「あ、あたしは得体の知れない文が来たから……こ、こ、この目でた、確かめようと思っただけなんです」

「やましいところがねぇのなら放っておくか、番屋に届ければよかっただろう。茂兵衛旦那は卒中で亡くなったと木村先生は言ったはずだ。どうして夜中にたったひとりで亭主の墓を暴かなきゃならねぇ」

「それは」

「明日になれば、役人の手で暴かれるとでも思ったのか。そういう投げ文があったとしても、すぐに動いてくれるほど町奉行所は暇じゃねぇ。おめぇさんは、ただじっとしていりゃよかったんだ」

種明かしをしてやると、お菊は提灯を手放してへなへなとしゃがみ込む。まさしく墓穴を掘ったことを悟ったらしい。

「亭主殺しは市中引き回しの上磔だ。お菊、覚悟するんだな」

「あ、あたしは理久様に渡された薬を亭主に呑ませただけですっ。それが毒だなんて知りませんでした」

往生際の悪い相手に文治は舌打ちしたくなる。「ふざけるな」と怒鳴りつけたが、お菊は這うようにして文治の足に縋りついた。

「ほ、本当です。精力を高める薬だって理久様に言われたんです」

「だったら、理久様を鳴海屋さん殺しの下手人として訴えればよかったじゃない。通夜の席ではあれほど頼りにしておいて、知らなかったはないでしょう」

お加代が呆れたと言いたげに口を挟む。お菊は「怖かったんです」と泣き声を上げた。

「お上に訴えたりしたら、あたしも夫殺しの仲間としてお仕置きになるって脅されて……お願いです。信じてくださいっ」

手や顔を泥と涙で汚しながら、お菊は繰り返し訴える。

そのとき、文治ははっとした。

「なるほど、脅されたのか」

「そうです。だから、あたしは言いなりに」

「確かに、殺しをネタに脅されたんじゃ、相手の言いなりになるしかねぇよな」

「親分、あたしの言うことを信じてくれるんですね」

「ちょっと、文さん。正気なの」

助かったと言いたげなお菊と眉をひそめるお加代の間で、文治はぽつりと呟いた。

「……理久様も気の毒に」

「えっ」

「殺しをネタに脅したなぁ、理久様じゃなくておめぇのほうだろう。なぁ、お菊」

じろりと睨みつけたとたん、お菊の顔から戻りかけた血の気が引いていく。お加代は目を丸くした。

「木村先生と理久様がどうしておめぇに手を貸したのか、ずっと不思議だったのさ。だが、殺しをネタに脅されれば、逆らう訳にはいかねぇよな。おめぇ、どうやってそのネタを摑んだんだ」

「な、何のことですか。あたしは理久様を脅してなんか」

「いい加減に観念しろよ。鳴海屋が死んで得をするのは、おめぇだけなんだぜ。どうして理久様たちがおめぇを使って、茂兵衛を殺さなきゃならねぇんだ」

「そ、それは……鳴海屋の身代目当てです」

しぶとい女はなかなか観念しようとしない。またぞろ言い訳を思いついたのか、金切り声を張り上げた。

「あたしを女主人に仕立ててから、鳴海屋の身代を巻き上げるつもりだったに決まっています」

「だが、他の店は巻き上げられていないようだが」

「でも、山木屋はっ」

お菊はそう言いかけて、慌てて口をつぐむ。どうやら、お佳津の訴えが理久の指図によるものだとお菊は知っていたらしい。文治は笑いたくなった。

「山木屋が何だって。ぜひ教えてくれよ」

「………」

「お菊、そういうのを語るに落ちるっていうんだぜ」

ついに二の句が尽きたらしい。お菊は身も世もなく泣き崩れた。

「しかし、こんなにうまくいくとはなぁ。最初に企てを聞いたときは、無理じゃねぇかと思ったんだが」

「あら、あたしはうまくいくと思っていたわよ」

お菊を堀江町の番屋に連れて行った帰り道、お加代は文治に胸を張った。

今朝は不安そうな顔をしていたくせに、よく言うぜ――文治はそう思ったけれど、あえて口には出さなかった。

お加代は今日、脅し文にこう書いたのだ。

――毒死した亡骸は四十九日の間、腐らない。今日中に自訴して出なければ、町奉行所に訴える。

毒で死のうと、病で死のうと、亡骸は時と共に朽ち果てる。お菊が木村に相談すれば、すぐにばれるでまかせだ。そのため、お加代は木村と理久が江戸を離れる時を狙ったのである。今頃、川崎の二人は祝言の酒に酔い、眠り込んでいるのだろうか。かつて木村に命を救われたという旅籠の倅は、恩人の仕出かしたことを知ったら何と思うだろう。

何気なく見上げた夜空には、鋭い刃物傷のような細い月が浮かんでいた。

十

木村と理久が本銀町の家に戻ったのは、六月六日の八ツ半（午後三時）過ぎだった。

お菊は今、堀江町の番屋に見張りをつけて閉じ込めてある。昨夜のことが木村夫婦に伝わるとは思えないが、何事も油断大敵、火の用心。早いに越したことはない。

木村の家のすぐそばで帰りを待ち構えていたお加代は隣の大男をせっついた。

「ほら、文さん。行きましょう」

「……ああ」

文治は渋い顔のまま、重い足を踏み出した。

「あら、お二人揃ってなんてめずらしいこと。ひょっとして、いい知らせを聞かせてくれるのかしら」

理久が迎えてくれた座敷には花の香りが漂っていた。何の匂いかと思いながらお加代は鼻をひくつかせる。すると、座敷に面した狭い庭には可憐な百合《ゆり》が咲いていた。

百合は薬になるのだとどこかで聞いたことがある。さすがに医者の家の庭だと今さらのように感心した。

文治は覚悟を決めたのか「木村先生は」と尋ねている。理久は「戻ってすぐに出かけました」と静かに答えた。

どうやら木村の帰りを待っていたのは、自分たちだけではなかったようだ。目を瞠ったお加代に気付いたらしく、理久は慰め顔になる。

「坂井屋《さかいや》の御隠居さんが『胸が苦しい』とおっしゃっているようで。けれど、いつものことですから、すぐに戻ると思います」

近所に住む料理屋の隠居は、何かと言えば「胸が苦しい」と大騒ぎして木村を家に呼びつけるらしい。そのくせ医者の顔を見ると、「もう治まった」と言うそうだ。

「御隠居さんはお年ですから、ささいな不調も心配になるのでしょう。木村の顔が薬の代わりになるのなら、けっこうなことです」

ものわかりよく微笑む相手にお加代は厳しい目を向ける。

口ではそんなことを言いながら、よくも四人も殺せたものだ。人は見かけによらないとは、理久のためにある言葉だろう。

だが、人を食った善人面も今日限りでおしまいだ。お加代が口を開こうとしたとき、ひと息早く文治が言った。

「できれば、お二人が揃っているときにお話ししてぇと思いやしたが……今、鳴海屋の御新造に夫殺しの疑いがかかっておりやす」

理久は微笑みを消したものの、取り乱しはしなかった。

「鳴海屋さんは卒中で亡くなったと木村が申しておりました。どうして、お菊さんが殺したなどと」

「そのお菊ですが、『夫に理久様からもらった薬を呑ましたところ、胸をかきむしって亡くなった』と申しておりやす」

「では、薬を呑んだときに発作が起きてしまったのでしょう。茂兵衛さんは本当にお気の毒でした」

お菊の裏切りを耳にしても理久の態度は崩れない。あくまで茂兵衛は病死だと言い逃れるつもりらしい。

「そんなこたぁありやせん。お菊は夫が毒死だと最初《はな》から承知しておりやした。でなければ怪しげな脅し文に乗せられて、夜中に亭主の墓を掘り返したりしねぇでしょう」

文治が脅し文の中身を伝えると、初めて理久の顔が歪む。

「その脅し文を出したのは文治さんでしょう。妻に夫の墓を暴かせるなんてひどいことをなさるのね」

「おれに言わせりゃ、亭主に毒を盛る女房が一番ひでえと思いやすが。それを承知で毒薬を渡し、身代乗っ取りに手を貸した理久様も負けず劣らずだ」

「私は医者の妻です。いくら親しくしていても毒薬など渡すはずがありません」

文治をまっすぐ見据えたまま、理久はきっぱり言い切った。お加代は黙っていられなくなり、「でも」と声を上げる。

「そうでなければ、木村先生が毒死を卒中だとおっしゃるはずがありません」

「お二人はどうあっても、私に鳴海屋さん殺しの片棒を担がせたいようですね。ならば、私もお尋ねします。私がそんなことをして何の得があるんです」

いくら親しくしていてもお菊は赤の他人である。自分ばかりか夫の身を危うくしてまで殺しの手助けなどはしない――もっともな理久の問いかけに、お加代はためらうことなく「お菊さんに脅されたからです」と言い返した。

「山木屋、橘屋、伊東屋の御主人は、厠風邪で死んだんじゃありません。それぞれの連れ合いに毒を盛られて殺されたんです。その毒を用意して、木村先生に病死だと言わせたのも理久様ですね」

かつて仲居をしていたお菊は、盗み聞きが得意だった。ある時、理久とお佳津の話を立ち聞きして、自分の夫殺しも手伝うように理久を脅したと白状した。お加代がそう告げるなり、理久がころころと笑い出す。

「では、私と木村が御新造さんたちと結託して、四人の大店の主人を殺したと言っているのですか。かわいそうにお菊さんは気がふれてしまったようですね。よほど御主人の死が堪えたのでしょう。本当にお気の毒なこと」

理久はあくまでしらばっくれる腹らしい。

お菊がすべて吐いたと知ればきっと観念するだろう。お加代はそう思っていたので、すぐに言葉が出てこない。

文治は険しい表情で念を押す。

「なら、理久様は今も四人が病死だとおっしゃるんですか」

「もちろんです。夫、木村長明がそう診立てたのですから。それにしても、お菊さんが心を病んでいたなんてちっとも気付きませんでした。鳴海屋の女主人など務まりそうにありませんね」

こっちはお菊という生き証人を握っているのに、理久はうろたえる様子もなく言葉を返してくる。お加代は必死で言葉を探した。

「お菊さんは正気です。本当に気がふれていたら、鳴海屋の身代を乗っ取ろうなんて考えるもんですか」

「お加代さんがおっしゃる通りなら、私と木村のほうがおかしいことになりますわね。何の恨みもない人を病に見せかけて殺すなんて」

「いいえ、理久様たちはおかしくなんかありません。殺しの片棒を担いだのは、子ができないばっかりに虐げられている妻たちを見るに見かねてのことでしょう」

すると、理久の白い眉間に不快そうなしわが寄る。

ようやく一矢報いたとお加代は意を強くしたが、相手はすぐさま表情を戻した。

「お佳津さんたちが御主人と揉めていたのは承知しています。ですが、殺しの手助けはいたしません」

「子ができない悔しさ、つらさは誰よりもよくご存じでしょう。塚越様は理久様を大事になすっていたけれど、陰では悪事を重ねていなさった。心から信じていた夫に裏切られた恨みが身勝手な男たちへの恨みに転じたのではありませんか」

信じてひたすら尽くしても、男は女の気持ちなどかけらも顧みてはくれない。亡き夫への恨みつらみが、お佳津たちの夫殺しを手助けさせた——お加代の考えに理久は赤い唇を歪めた。

「つまり、死んだ塚越への恨みを山木屋さんたちにぶつけたとお加代さんは言いたいのかしら」

馬鹿馬鹿しいと言いたげに理久は口の端を引き上げたが、こっちを睨む一重の目には剣呑《けんのん》なものが宿っている。お加代はぐっとこぶしを握った。

「そうです」

「でも、夫に欺かれていたのはお仙さんも同じじゃありませんか。だからって、誰かを殺そうとしたかしら」

「それは……」

とっさに言い返そうとしたが、続く言葉が出てこない。父が母を欺いていたとは思わないが、黙って消えたのは確かである。

「塚越が死んでから、私は何かを信じることが難しくなりました。その代わり、人を疑うことから逃げなくなったのです」

前は人を信じることこそが美徳なのだと思っていた。何かが変だと思っても、相手を疑ってはいけない。そう言い聞かせてきたと理久は言った。

「けれど、今は違います。常にもしかして……と疑っていますから。そしてこの間、塚越が強請り取ったという金の行方の見当がついたんです」

「本当ですか」

「ええ、間違いないと思います」

自信たっぷりにうなずかれ、文治ともども身を乗り出す。相手の術中にはまっているのがわかっていても、お加代は聞かずにいられなかった。

「強請り取った金はすべて、辰三さんが持ち逃げしたんでしょう」

「そんな馬鹿なっ」

「うちのおとっつぁんに限って、そんな真似をするもんですか」

理久の言葉を耳にするなり、文治とお加代は叫んでしまった。色を失くす二人を見て、理久は満足そうに目を細める。

「そう考えれば、辰三さんが戻らない理由だってわかります。二千両という大金があれば、一生遊んで暮らせますもの。塚越は見事にしてやられたのです」

「そんな金があるのなら、山木屋の御新造から金を奪ったりしねぇはずだ。第一、たったひとりで二千両を抱えて逃げられるもんじゃねぇ。理久様のおっしゃっていることはむちゃくちゃでさ」

文治のもっともな反論を聞いても、理久はまだ微笑んでいた。

「ひとりで無理だというのなら、文治さんが手を貸したんじゃありませんか」

「言いがかりもたいがいにしてくだせぇ」

文治が唸るように言い返すと、理久がお加代のほうを見る。

「男というのは本当に信用できませんからね。口ではもっともらしいことを言いながら、男同士でこそこそと謀《はかりごと》を企てているのです。文治さんだって、お加代さんの知らないところで辰三さんと便りをやり取りしているかもしれませんよ」

思ってもみない一言にお加代の胸がざわめき出す。

御用の手伝いを始めてから、文治はいつも父と一緒に動いていた。塚越の腹心が父ならば、父の腹心は文治である。

隠れて連絡を取り合っていても、何の不思議もないかもしれない――束の間よぎった考えをお加代はすぐに打ち消した。

「まさか、そんな馬鹿な事」

「私はお加代さんのためを思って言っているのよ」

「お加代、真に受けるんじゃねぇ」

どこか不安そうな文治にお加代はうなずこうとした。

そんなの当たり前じゃないの。あんまりあたしを見くびらないで。

明るく言おうと思ったのに、なぜか声が出てこなかった。

理久は殺しに手を貸す人で、どうしてかは知らないが自分を憎んでいるはずだ。そんな人の言うことを鵜呑みにする訳じゃない。

けれど、漂う百合の香りがお加代を息苦しくさせる。父は塚越の強請を見逃しただけだと思っていたが、果たして本当にそうなのか。強請の片棒を担いでいたなら、分け前をもらって当然だ。

父が姿を消して四年、無宿人として生きていれば、まともな仕事には就けないだろう。にもかかわらず戻らないのは、塚越からもらった分け前がたっぷりあるからではないか。

こんなことを考え出したら、相手の思う壺である。それでも、毒を含んだ言葉がお加代の心に覆いかぶさる。

いいや、違う。おとっつぁんに限ってそんなことはしやしない。あたしはおとっつぁんを信じている。

信じていた、はずなのに。

「お加代っ」

耳元で大きな声がして、お加代はようやく我に返る。見上げれば、文治が怒ったような顔をしていた。

「おれたちは鳴海屋殺しについて聞きに来たんだ。そいつを忘れるんじゃねぇ」

低い声で言い聞かされて、お加代はぎこちなくうなずく。すると、理久がとりなすように口を挟んだ。

「そんなに怖い顔をしては、お加代さんがかわいそうよ。お茶が冷めてしまったから、すぐに淹れなおさせましょう」

ほどなくして女中が新しいお茶を運んできた。

「いつになくたくさんしゃべったら、喉が渇いてしまったわ。お二人もどうぞお飲みになって」

本当にお茶が飲みたかったのだろう。理久は真っ先に湯呑を取る。つられてお加代も口をつけようとしたところ、

「ううっ」

一口飲んで湯呑を置いたとたん、理久が胸を押さえて苦しみ出す。お加代は慌てて腰を浮かせた。

「理久様、しっかりしてください」

しかし、理久は胸をかきむしるばかりで返事もできない。

文治が素早く立ち上がった。

「おれが坂井屋に行って、木村先生を呼んでくる」

勢いよく障子を開け、外に飛び出そうとして——文治は驚いたような声を上げた。

「先生」

果たしていつの間に戻っていたのか、縁側に木村長明が立っていた。

※

理久が苦しんでいるのは木村の目にも明らかだろう。

しかし、険しい表情で医者は立ち尽くしている。文治は叱るように言った。

「先生、早く御新造さんを診てください」

「たった今具合が悪くなったんですから、すぐに手当てをすれば助かるはずです。先生、急いでください」

お加代も理久を支えながら、泣かんばかりに訴える。木村は小さく息をつき、座敷に入って障子を閉めた。

「理久はもう助からん。附子の入ったお茶を飲んだのだから」

医者は静かに答えてから、理久が飲み残したお茶に目をやる。それから、若い後添いの手を両手でしっかり握り締めた。

では、木村が附子入りの茶を妻に飲ませたということか。にわかに信じられなくて、文治は問い詰めることもできない。お加代も嘘だろうと言いたげな顔つきで木村の顔を見つめている。

理久が息を引き取ると、木村は妻の着物の乱れをそっと直してやる。それから、文治たちに頭を下げた。

「わしは医者として許されないことをした。せめてもの償いに知っていることは隠さず話そう」

遠からずこういう日が来ると木村は覚悟していたらしい。妻を殺したばかりにもかかわらず、不気味なくらい落ち着いていた。

「許されないとわかっていて、どうして殺しの片棒を担いだんです。理久様に頼まれたからですか」

だんだん怒りが込み上げて来て、文治が責めるように聞く。

老いらくの恋に溺れて人の道を踏み外し、挙句、恋女房を殺すなんて愚かにもほどがある。これが江戸で指折りの名医のなれの果てなのか。

「なぜ理久様を止めてやらなかったんです。女房が道を違《たが》えたら、正してやるのが亭主の務めってもんでしょう」

木村は何を思ったか、うっすらと苦笑する。見ようによっては、はにかんでいるようでもあった。

「わしは野澤屋の先代と知り合いで、理久のことは子供の時分から知っておる。おとなしそうな顔をして、言い出したら聞かない子だった。塚越様と一緒になるときも大変な騒ぎだったよ」

理久は塚越に思いを寄せていたが、父である野澤屋は許さなかった。定廻りは実入りがいいといっても、表向きは三十俵二人扶持の軽輩《けいはい》である。そのくせ武士の端くれだから、町人出は下に見られる。そんなところに嫁いでも肩身の狭い思いをすると、娘を強く諭したらしい。

「当時理久は十八で、いい縁談が山ほどあった。わしも好き好んで苦労をすることはないと思っておったが、理久に泣いて頼まれた。どうしても塚越様と一緒になりたい。後生だから、おとっつぁんを説得してくれと」

若い娘の涙ほど断りづらいものはない。八丁堀に住んでいたので、木村も塚越の人となりと仕事ぶりは知っている。とうとう一途な思いにほだされ、渋る先代を口説き落とした。理久は同心の養女となって塚越に嫁ぎ、傍目にも幸せそうに暮らしていた。

「後は子供さえ生まれればと、理久はよく言っていた。どうすれば子ができるかと相談されたこともあったな」

女なら惚れた亭主の子を欲しいと思って当然だ。思い詰める理久の姿は、木村に死んだ妻を思い出させたという。

「自分が死んだら、ぜひ後添いを迎えて御子をもうけてください……妻はそう言い残したが、本心だとは思えなかった。跡継ぎを産めずに先立つので、それしか言えなかったのだろう」

二人の間に子供がいれば、「私の分までこの子を頼む」と夫に託して死ねたはずだ。最期まで本音を隠した妻を木村は憐れに思ったそうだ。

「その後、周りからも後添いをもらうように勧められたが、わしはその気になれなかった。死んだ妻との間に子ができなかったのは、わしのせいかもしれないからな」

もし後添いに子ができなければ、後添いも己を責めるだろう。亡き妻への供養のためにも、木村は独り身を通す気だったという。

「だが、夫が死んで出戻った理久を放っておくことができなかった。親分は知らんだろうが、理久は野澤屋に戻ってから一度自害をしようとしてな」

「本当ですかい」

文治が問い返したら、真剣な表情でうなずかれた。

「涙ながらに頼まれたとはいえ、塚越様との縁談を後押ししたのはこのわしだ。そのせいで不幸になったのなら、何とかしてやりたかった。もの笑いになるのを承知の上で、理久を後添いに望んだのだ」

しかし、理久にしてみれば、木村は父の知り合いで昔から知っているおじさんだ。夫婦になるなど考えられなかったらしく、「まるで相手にされなかった」と木村は笑った。

「自分は生きている限り、塚越慎一郎の妻だと言われたよ。とはいえ、また馬鹿なことを仕出かしそうで目を離すことができなかった」

理久は自ら夫を殺した下手人を捜そうとしたこともあるらしい。それを知った木村は血相を変えて止めたそうだ。

「同心の妻だったとはいえ、町人出の理久に武芸の心得などない。どうしてもというなら、文治親分に頼めと言ったら、理久は首を横に振った」

――文治さんは、駄目です。塚越を裏切ったもの。

文治に言わせれば、裏切ったのは旦那のほうだ。しかし、夫の無実を信じる妻の目には逆さまに映ったのだろう。

そしていたずらに時は過ぎ、一昨年の九月。

「塚越様の一周忌に、理久は菩提寺の和尚からとんでもないものを受け取ったんだ」

「日本橋の大店の醜聞を集めたもの、つまり強請のネタ帳だ」

「というと」

それは生前、塚越が住職に預けた壺の中に入っていた。封印されたままの木箱を理久に渡し、「お預かりしたことをすっかり忘れておりました」と住職は笑っていたそうだ。

受け取った理久は中を見て、果たして何と思ったのか。以来、「夫は無実だ」と木村にさえ言わなくなった。

「夫が悪事を働いていたことより、最後まで打ち明けてもらえなかったことのほうが理久には堪《こた》えたんだろう。寝食を共にしていながら、夫は自分を信じなかった。それが許せなかったようだ」

「ちょっと待ってくだせぇ。どうしてそうなるんです」

文治は異を唱えずにはいられなかった。

夫の悪事の証を見つけ、無実を信じていた理久が傷ついたのはわかる。けれど、「自分を信じなかった」と考えるのはおかしいだろう。

「塚越の旦那のしたことは許されることじゃありやせん。それがわかっているからこそ、旦那は理久様に黙っていたんだ。強請のネタ帳を住職に預けたのだって、万が一にも大事な妻を巻き込まねぇための用心でしょう」

「何よ、それ。あたしは理久様の気持ちがよくわかるわ。肝心なことを打ち明けないで、何が守るよ、巻き込まないよ。言いにくいことを言わずにすませようとする男の方便に過ぎないじゃない」

すかさずお加代に言い返され、その勢いに文治はたじろぐ。

木村は毛のない頭を撫でた。

「なるほど、お加代さんもそう思うか。やはり男と女は違うのだな」

住職から壺を受け取ってしばらく、理久は魂が抜けたようになっていた。見かねた木村が「何かして欲しいことはあるか」と尋ねると、理久はややして呟いたという。

――先生だけは、絶対に私を裏切らないと約束してください。

その目に鬼気迫るものを感じて、木村は束の間ためらった。とはいえ、約束しなければ、理久の心は壊れると感じたらしい。

「わしは絶対に裏切らないと誓ったら、しばらくして理久のほうから一緒になりたいと言い出したんだ」

「それじゃ、理久様と一緒になるために医者を辞めて根岸に引っ越すっていうのは」

「そういうことにしておけば、理久の顔も立つだろう」

理久は夫と死に別れてから一年半しか経っていなかったし、木村とは二十も年が違う。八丁堀に住もうものなら、必ず陰口を叩かれる。

しかし、理久のために引っ越すと言えば、多くの患者が文句を言う。木村は笑い者になるのを承知で一芝居打ったようだ。

「本銀町の家に住んでわしの手伝いを始めてから、理久は目に見えて明るくなった。特に山木屋、橘屋、伊東屋の御新造たちと気が合ったようで、わしはほっとしておった」

相手はいずれも大店の御新造だから、素性と人となりに問題はない。みな同じような年回りで子に恵まれなかったから、慰め合っているのだろう。

木村はそう思っていたが、厠風邪が流行ったせいでとんでもないことになってしまった。

「あの頃、わしは寝る間もないほど忙しかった。患者の命を救おうと懸命に働いておったのに……理久が毒薬を持ち出すなんて夢にも思っていなかった」

山木屋の主人が死んだとき、木村はひと目見て服毒死だと思ったという。

だが、口に出すことはできなかった。山木屋のお佳津から「理久様にもらった薬を夫に呑ませました」と、先に耳打ちされたからだ。

にわかに信じられなかったが、お佳津と理久は親しくしている。もし毒死であると人に告げて、本当に理久が関わっていたら……木村はとっさに「厠風邪で亡くなった」と嘘をつき、慌てて家に引き返した。

青くなって理久を呼べば、こちらの言いたいことがわかったのだろう。問われる前に理久は言った。

――先生は塚越とは違いますよね。絶対に私を裏切らないんでしょう。

「その瞬間、わしは目の前が真っ暗になった。医者としての誇りを捨てる気かと何度も自問自答した。山木屋の主人が毒死とわかれば、お佳津だけでなく理久も死罪になる。厠風邪のせいで野辺送りは毎日出ていた。わしさえ目をつむっていれば、誰にも気付かれることはない。そして……わしは医者ではなくなったのだ」

その後、橘屋、伊東屋と毒死は続き、木村は空恐ろしくなったけれど、今さら引き返すことはできなかった。

厠風邪さえ治まれば、理久も馬鹿な真似はしなくなる。三人の主人が死んだのは妻を蔑ろにしたからだと、我が身に言い聞かせる日々だったとか。

「今年になってしばらくは幸い何も起こらなかった。理久もすっかり落ち着いて、主人を失った三つの店も傍目にはうまくいっている。死んだ三人には申し訳ないが、このまま何事もなく時が過ぎればと思っていたら……鳴海屋のお菊が近付いてきた」

お菊は診察に来た折、理久とお佳津の話を盗み聞いたらしい。「あたしも亭主に死んでもらいたいんです」と言い出したそうだ。

手を貸してもらえなければ、山木屋のことを訴え出るとお菊は木村に言ったのだろう。とはいえ、突っぱねることもできただろうにと文治は思った。

「たとえ立ち聞きされたって証は何もなかったんだ。相手の言いなりにならなくてもよかったでしょうに」

「あたしもそう思います。むしろお菊さんが茂兵衛さんを殺そうとしていると、訴え出ることもできたんじゃありませんか」

お加代も続いて異を唱えると、木村は自嘲めいた表情を浮かべた。

「証はなくても、わしらが殺しの片棒を担いだのは紛れもないことだ。お菊さんを訴えることはできん」

「だからって、鳴海屋さんまで殺さなくても」

「お菊から話を聞いて、理久がその気になったんだよ」

鳴海屋は女好きで、妻をたびたび離縁している。身勝手に女を捨てる男は殺してしまったほうがいいと理久は考えたのだろう。そして理久が「やる」と決めてしまえば、木村はもう止められない。

附子を呑んで死んだ茂兵衛を「卒中だ」と言うしかなかった――長い打ち明け話を終え、木村が大きなため息をつく。

文治はやりきれない思いで呟いた。

「それでも、理久様に毒を呑ませるこたぁなかったんだ。先生は殺しの片棒を担いじゃいたが、その手は汚れていなかったのに」

ところが、木村は「いや」と言った。

「……わしの手はとうに汚れている。卯吉を殺したのはわしだからな」

「何だって」

よりによって木村の口からそんな言葉を聞こうとは。お加代も信じられないと言いたげに目を瞠る。

「それじゃ、栗山様も」

「いや、それはわしでも卯吉でもない。栗山様が殺されなければ、わしが卯吉を殺すこともなかったんだ」

「どういうこってす」

卯吉は何者かの命で栗山を殺し、命じた者の手で口をふさがれたのではなかったのか。でなければ、栗山殺しの下手人を強請って殺されたのだと思っていた。どちらでもないと木村に言われ、文治は訳がわからなくなる。

「卯吉はわしに頼まれて、栗山様を探っていたんだ」

「ひょっとして、卯吉の江戸患いは先生が」

思いついて尋ねれば、木村がうなずく。

卯吉は一時まともに歩けなかったようだから、人並みの身体に戻してくれた木村は命の恩人だ。そんな人に頼まれれば、奴でも否やはないだろう。

「理久はなぜ塚越様が大金を必要としたのか、誰にどうして殺されたのかを知りたがっていた。とはいえ、理久の心がさらに傷つくようなことが出てくるのなら、栗山様を脅してでも手を引かせるつもりだった」

ところが、栗山が殺されて文治が下手人として捕まった。驚いた木村が卯吉を呼び出したところ、思いがけないことを言われた。

「栗山様は見たこともない女に刺された。その女が立ち去って間もなく文治親分が通りかかったから、これ幸いと下手人にしたと」

なぜそんなことをと木村が責めれば、卯吉はにやりと笑ったという。

――文治にはいろいろ恨みがありましてね。先生だって世間に対して後ろ暗いところがあるから、栗山の旦那を俺に探らせていたんでしょう。お互い手間が省けてよかったじゃねぇですか。

卯吉はそれまで木村にはひたすら下手に出ていたらしい。「先生は命の恩人だ」、「一生かけて恩を返す」と繰り返し言っていたという。

だが、今後はそうはいかないと木村は悟り、万一に備えて持っていた附子を酒に入れて飲ませたそうだ。

「親分が解き放ちになったと聞いたときは、心の底からほっとしたよ。謝ってすむことではないが、申し訳ないことをした」

木村は両手で膝頭を摑み、深々と頭を下げる。剃りあげた頭を見つめながら、文治は心の中で呟いた。

もしかしたら……木村は卯吉の本性を知りながら、栗山について探らせたのか。用がすんだら卯吉を殺して、妻より深く堕ちるために。

頭を下げているこの人は本当に理久が好きだったのだ。

理久が年頃になったとき、すでに木村は独り身だったはずである。ことによったら、その頃から思いを寄せていたかもしれない。

だが、年がずいぶん離れていたし、子を与える自信がなかった。だから頼まれるままに塚越との仲を後押ししたにもかかわらず、理久は子供に恵まれない。思い悩む姿を見て、木村はほぞを噛んだだろう。

塚越の死後、笑い者になるのを承知で後添いにと望んだのは、積年の思いを遂げたかったからではないか。

もの思いにふける文治の隣で、お加代が「先生」と声を上げた。

「理久様はどうして山木屋のお佳津さんに、うちのおとっつぁんが二十両を奪ったなんて嘘をつかせたんですか。あんな真似さえしなければ、四人の大店の主人殺しはばれなかったはずなのに」

確かにあれがなかったら、理久とお佳津のつながりは出てこなかったはずである。

そして、その始まりは。

「先生もです。どうして辰三親分を芝で見たなんて嘘をついたんです」

「それは嘘じゃない」

木村に首を左右に振られ、文治は束の間息を呑む。てっきり、理久に頼まれて嘘をついたと思っていた。

「それじゃ、おとっつぁんは江戸にいるんですね」

「今も江戸にいるかわからないが、芝でわしが見かけたのは辰三親分だと思う。それから、理久がお佳津さんにあんな嘘をつかせたのは……」

木村は不意に言いよどみ、理久が飲み残したお茶をひと息にあおる。本当にあっという間のことで、目の前の自害を止めることができなかった。

「先生、早まった真似を」

文治は毒を吐かせようとしたが、木村は頑なにそれを拒んだ。

お加代と文治がなす術《すべ》もなく見守る中、妻と同じ茶碗の毒で木村長明は息絶えた。

十一

六月十日になって、「たつみ」はようやく商いを再開した。

卯吉殺しを白状した木村が「栗山を殺したのは女だ」と言い残したため、文治もまた石田の手先として御用を務めるようになった。しかし、栗山殺しの下手人は未だに誰だかわかっていない。

事件がちゃんと解決した訳ではないのに、お客さんは来てくれるかしら。

お加代は内心不安だったが、正九ツ（正午）になったとたん、店は一杯になってしまった。

「やれやれ、やっと店開けかい。こちとら毎日汗水たらして働いてんのに、二十日も商いを休むなんて豪気なこった」

「仕方ないだろう。こっちはおまえさんみたいに丈夫じゃないんだから」

「女将さんはともかく、そっちのばあさんは丈夫そうだぜ」

母に嫌みをかわされた客が手伝いのお駒に目を向ける。すかさず、お駒は「馬鹿言いなさんな」と手を振った。

「若い頃ならいざ知らず、あたしももう年だからね」

「そのでけぇ身体で具合が悪いとでも」

「ああ、そうさ。すっかり食が細くなって、ここの料理が一度に三人前しか食べられないんだから」

茶目っ気たっぷりの返事に店中の客がどっと笑う。お駒は「文治の女版」と言っていいほどしっかりとした身体をしている。「たつみ」は飯もおかずも多いのだが、お駒なら三人前でも食べられるだろう。

お加代もつられて笑っていたら、母に膳を突き出された。

「あんたは客じゃないんだよ。笑ってないで、さっさとお運び」

小声でぴしゃりと叱られて、お加代は慌てて膳を運ぶ。「お待たせしました」と客に出すと、袢纏着《はんてんぎ》の相手はにやりと笑った。

「お加代ちゃんは俺の顔が長《なげ》ぇ間拝めなくって、さぞかしさびしかったろう」

「何言ってやがる。おめぇの面を見ずにすんで、せいせいしていたに決まってらぁ」

「何だと」

「やるかっ」

見知った顔が集まれば、いつもと同じ騒ぎになる。さんざん目にした光景がひどくお加代の心に沁《し》みた。

思ったことを口にして腹から笑い、時には怒る。いつだってその場限りで、後には引かないと思っていたのに……ひとつの嘘がさらに大きな嘘を呼び、最後は人の命を奪う。

最初の言葉がまずかったのか、途中で引き返すべきだったのか。どんな大河もその源はほんの小さな流れだという。知らぬ間に育った嘘の川で溺れてしまう恐ろしさをお加代はしみじみ嚙み締めていた。

木村と理久の死は無理心中として片付けられた。木村は卯吉を手にかけてから、遠からず己と妻の命を絶つと決めていたのだろう。死んだ木村の紙入れから折りたたまれた遺書が見つかった。

——卯吉に弱みを摑まれたので毒を吞ませて殺しました。理久を道連れに死んでお詫びをいたします。

妻の罪には一切触れず、木村の遺書は結ばれていた。

評判の名医が人を殺した挙句、若い後添いと無理心中——戯作のような顚末《てんまつ》はたちまち世間の噂になった。

——医者が人を殺すなんて、世も末だねぇ。

——俺は木村って医者にかかったことがあるんだ。一歩間違えれば、毒を盛られていたかもしれねぇな。

——かわいそうなのは、道連れにされた御新造さんだよ。一緒になるときも無理強いされたって話なのに。

——人は見かけによらないってな。

今頃、木村は草葉の陰でほくそ笑んでいるのだろうか。おのれの名声を投げ打って惚れた女を守り通したと。

ぼんやりしていたら、「おい、お加代ちゃん」と袖を引かれた。

「な、何かしら」

「何かしら、じゃねぇだろう。せっかく熊《くま》と八《はち》がちょっかい出してんだぜ。いつものように叱ってくれなきゃ、奴らの立つ瀬がねぇだろうが」

そう言われて目を向ければ、揉めていた駕籠かき二人がこっちの様子をうかがっている。本当にお加代に叱られたくて言い争いをしていたらしい。

あまりのくだらなさに噴き出しそうになったけれど、客の望みとあらば仕方がない。お加代は腰に手を当てて、大きく息を吸い込んだ。

「熊さんも八《は》っつぁんもいい加減にして。おとなしく食べられないなら、今すぐここから出てってちょうだいっ」

「いよっ、お加代ちゃん」

「やっぱり、こいつを聞かねぇと腹一杯にならねぇぜ」

喧嘩をしていた二人よりも周りが喜んではやし立てる。いつまでもこんなふうに屈託なく笑っていたい。お加代は心からそう思った。

「今日は忙しかったわね」

昼飯の客がいなくなった八ツ（午後二時）過ぎ、余りものを食べながらお加代がぼんやり呟いた。

「仕方がないさ。二十日も休んじまったんだもの。お駒さんが手伝ってくれて本当に助かりましたよ」

母の気持ちのこもった礼に、お駒がうれしそうに目尻を下げる。それから、なぜかうつむいた。

「あたしこそ、また手伝いができるようになってうれしいよ。うちの馬鹿息子が世間の目を気にするもんだから、無沙汰をしちまってすまなかったね」

「何言ってんです。お駒さんはただで手伝ってくれているんだもの。すまないことなんてこれっぽっちもありませんよ」

母とお駒のやり取りを聞き、お加代はようやく気が付いた。

文治が捕えられたとたん店を休むと決めたのは、客が来ないというだけではない。お駒のためでもあったらしい。

お駒の気性からすれば、店を開けている限り手伝いに来ようとするだろう。けれど、札差に婿入りした倅は反対するに決まっている。母はそれがわかっていたのだ。

「文治親分への疑いも晴れて、倅もようやく納得した。これからはもっともっとお手伝いさせてもらうからね」

大きな手で胸を叩き、お駒が笑顔に戻って請け合う。

ただし、栗山を殺したという女の正体は手がかりすら摑めていない。ちなみにもうひとつわからないことがあったけれど、お駒の前では口に出せない。お加代はお駒に買い物を頼み、母と二人きりになったところで切りだした。

「ねぇ、おっかさん」

「何だい」

「理久様はどうしてあんな嘘をお佳津さんに言わせたのかしら」

四日前、木村は口を開きかけて答える前に毒を呑んだ。

──わしは医者として許されないことをした。せめてもの償いに知っていることは隠さず話そう。

そう言ったにもかかわらず、どうして黙って逝ったのか。知っていることは洗いざらい打ち明けて、心の重荷を軽くしてから死にたいと思うはずなのに。腑に落ちないと訴えれば、母がふんと鼻を鳴らした。

「あんたがその口で言ったんじゃないか。理久様があんたを嫌っていたからだって」

確かにそう言ったけれど、それですませないで欲しい。お加代は口を尖らせた。

「だったら聞くけど、どうして理久様はあたしを嫌うの。とことん嫌われるほど会ったことも、話したこともなかったのよ」

「そんなの決まってんだろう。あたしの産んだ娘だからさ」

当たり前のように答えられ、お加代はぽかんと母を見る。

「どうしてそう思うの。おっかさんと理久様の間で何か揉め事があったとか」

「別に何もないけどさ。あたしが理久様の立場だったら、あたしみたいな女は憎たらしいと思うもの」

「何でよ。おっかさんだって、おとっつぁんから何も聞かされていなかったんでしょう。そりゃ塚越様は死んでおとっつぁんは生きているけど、そばにいてくれなかったら死んだも同然じゃない」

――夫婦ってのは、赤の他人のくっつき合いだから、一緒にいなくちゃ駄目なのさ。離れても血で繋がっている親子とは違うからね。

母の理屈に従えば、そういうことになるはずだ。相憐れむならまだしも、理久に憎まれる筋合いはない。憤慨するお加代に母は笑った。

「あたしには、おまえと文さんがいるじゃないか。塚越様がすべてだった理久様とはまったく違うよ」

そのとき、ふと鳴海屋の通夜でのやり取りがお加代の頭によみがえった。

――はい、おかげさまで。変わりなく過ごしております。

――私の身の上はずいぶんと変わってしまいましたが……辰三さんがいなくなっても、変わりなく過ごせるお仙さんがうらやましいわ。

何気ない理久の言葉の裏にお加代は棘らしきものを感じたが、あれはそういうことだったのか。

「理久様にはそばで味方をしてくれる娘や息子がいなかったんだ。あたしを妬みたくなっても、仕方のない話だよ」

気持ちは理屈で割り切れない。どうしようもないことだと母は言った。

「なら、おっかさんはあたしがいるから、おとっつぁんがいなくなっても平気だっていうの」

「おまえがうちの人の代わりになんて、なれる訳ないじゃないか。思い上がりもたいがいにおし」

ずいぶんな言われようだとむっとすれば、母はにやりと笑った。

「あんたは文さんに愛想が尽きたら、さっさと別れていいんだよ。この世に男なんて掃いて捨てるほどいるんだから」

縁起でもないことを口にされ、お加代は目を白黒させる。

実の母親ながら、やさしいんだか、冷たいんだか。

お加代は一生この母に勝てないような気がしてきた。


文治が「たつみ」に戻ってきたのは、町木戸が閉まる寸前だった。まだ怪我が治りきっていないため、お加代は晩酌抜きで飯を出す。文治は面白くなさそうな顔をしたが、文句を言わずに食べ始めた。

「それで、四人の御新造さんたちはどうなるの」

「夫の菩提を弔うため、尼になるってことで落ち着きそうだ」

食べ終えてから話しかければ、文治が湯呑を手に答える。

鳴海屋、山木屋、橘屋、伊東屋――名の知れた大店の主人たちが妻に毒殺されていたと公にするのは、あまりに差し障りが大きすぎる。妻たちは俗世を捨てて亡き夫に許しを請い、店は新たな主人が切り盛りすることになるらしい。

「木村先生もそれを望んでいたはずだ」

だから遺書には卯吉のことだけ書き記し、理久を道連れに世を去った。生き証人の二人が死ねば、四人の妻が夫を殺した証は何もないのだから。

「あの世で木村先生と塚越様が理久様を取り合っていなけりゃいいけど」

「それはねぇだろう。理久様は木村先生に殺されたんだ。あの世に逝ったら、塚越様とよりを戻すに決まってらぁ」

頭から決めつけている文治にお加代は返事をしなかった。

妻を残して逝った夫と、妻を道連れに死んだ夫。

相手を思っていなければ、道連れにされるのは迷惑だろう。けれど、相手を思っていたら、うれしいと思うのではないか。理久が四人の夫殺しに手を貸したのは、塚越に対する恨みだとお加代は今でも思っている。だから木村に「絶対に裏切らない」と誓わせて、何度も思いを試したのだ。

理久は毒を吞んだとき、木村の仕業とわかったはずだ。今度は置き去りにされないと知って、安らかに逝けたに違いない。

世の中には、ひとりで生きていける人とそうでない人がいる。理久は男という木の幹に巻き付いて、きれいで儚《はかな》い花を咲かせるつる草のような人だった。巻き付いた木が倒れれば、一緒に枯れる運命なのだ。

塚越の死後、理久は自害を試みたという。いっそそのとき死んでいれば、これほど死人は出なかったろう。

「栗山様殺しのほうはどう。下手人の女の素性はわかりそうなの」

「そっちはあいにくさっぱりだ。旦那が戯作者修業をしていた頃に泣かせた女かと思ったが、そんな女は出て来やしねぇ」

文治はお茶を飲み干して、いきなり口の中に指を突っ込む。どうやら歯の間に何かが挟まってしまったらしい。

大口を開ける相手の前でお加代は露骨に顔をしかめた。

「ちゃんと楊枝《ようじ》を使いなさいよ」

「なに、もう取れたって」

しーしーと音を立てながら、文治が平然と言い返す。

栗山殺しが落着すれば、お加代は文治と祝言を挙げる。夢見がちな年頃だったら、こんな姿を目にしたとたんに一緒になるのを拒んだだろう。

だが夫婦になるということは、いいところも悪いところも相手にさらすことなのだ。塚越はそれができなかった。

「ねぇ、文さん」

「何だよ」

「あたしに隠し事はしないでね」

「お加代は勘が鋭いからな。隠したって嗅ぎ付けるだろう」

その言い方が癇に障って、お加代は口をへの字に曲げる。そもそもそっちが隠さなければ、こっちが嗅ぎ回る必要はない。

「当たり前でしょ。あたしは『千手の辰三』の娘だもの」

じろりと横目で睨みつければ、「おっかねぇな」と文治が笑った。

その翌日、「あたしが栗山様を殺しました」と女が番屋に名乗って出た。お加代がそれを知ったのは、その晩遅くのことだった。

「どうしてすぐに教えてくれなかったのよ」

「御用の最中にいちいち教えに戻れるかって。ちったぁこっちの立場も考えろ」

一緒になると決まってから、やけに文治の態度が大きい。先が思いやられるとお加代はこぞと歯を剝きだす。

「文さんの立場なんて知ったこっちゃないわ。それより、一体どこの誰。栗山様にはどういう恨みがあったっていうの。いくつくらいの人だった」

矢継ぎ早に問いかければ、文治に「落ち着け」と言われてしまった。

「下手人の名は、おせい。深川に住んでいた大工、安八の女房だ」

おせいという名に覚えはないが、大工の安八という名にはかろうじて心当たりがある。確か、栗山の初手柄がそんな名ではなかったか。

お加代が首をかしげて聞けば、文治がうなずいた。

「でも、おかしいじゃない。安八さんは栗山様の嘆願で遠島になったはずでしょう。亭主の命の恩人を女房が刺し殺すだなんて」

遠島はいつ御赦免になるかわからないから、女房にすれば死罪も同じかもしれない。しかし命は助かったのだから、栗山を恨むのは筋違いだ。

「生きてさえいれば、いつかまた会えるかもしれないでしょう。おせいさんって人はどうして栗山様を」

「今も安八が生きていれば、おせいも大それた真似をしなかったろうな」

「それじゃ」

「三月《みつき》前に牢内で安八が死んじまったんだと。どうやら間引きされたらしい」

低い声で告げられて、お加代は思わず息を吞んだ。

流人船は始終行き来しているものではない。船が出るまでの間、安八は小伝馬町の牢屋敷にいた。そこには多くの罪人が押し込まれていて、牢名主への賂《まいない》が用意できない者や身体の弱い者は「間引き」と称して殺される。牢があまりにも混んでいるので、役人も黙認しているとか。

本当に「間引き」が行われていると知って、お加代はぶるりと身震いした。栗山殺しの疑いが晴れずに文治が牢屋敷に送られていたら、間違いなく命はなかっただろう。

「安八は子供が死んでから、すっかり腑抜けていたようだ。物騒な連中に目をつけられるのも無理はねぇ」

「だとしても、栗山様を恨むのは筋違いよ。元はと言えば、金を盗んだ安八さんが悪いんだもの」

「亭主は十五両も盗むつもりはなかった。おせいはそう言っていたよ」

――うちの人は子供を医者に診せるために三両欲しかっただけなんだ。あの旦那さえいなかったら、余分な金はその場に残して立ち去ったはずなんです。

取り調べで仁吉に「恩知らず」と罵られたとき、おせいは言い返したという。

十両盗めば死罪になると、江戸っ子はみな知っている。そのため「九両三分二朱」しか盗まない者もいるほどだ。栗山に見咎められなければ、安八は紙入れから三両だけ抜き取って逃げるつもりだったのだろう。

そもそも懐に十両も持っている者はめったにいない。襲った相手が掛取り帰りで十五両も持っていたことが、安八おせい夫婦の不幸だった。出来心で三両盗んだだけなら、遠島どころか叩きか所払いですんだかもしれない。

「おせいはこうも言っていたっけ。うちの人は我が子を救いたい一心で、つい魔が差しただけなんだと。栗山様がその場で亭主を捕えて見逃してくれれば、こんなことにはならなかったってな」

それが手前勝手な理屈であると、おせいもわかっていただろう。けれど、亭主を捕えた栗山は同心に出世して、安八は無残にも獄死した。その差がひとり残されたおせいの恨みをあおったのだ。

「安八とおせいは近所でも評判の仲のいい夫婦だったそうだ。今さら言っても始まらねぇが、いっそ安八が死罪になっていれば、栗山の旦那は無事だったかもしれねぇな」

なまじ望みを持ったせいで、おせいはますます打ちのめされた。

とはいえ、相手は二本差だ。栗山を遠くからつけ狙うようになってからも、返り討ちに遭うのを恐れてなかなか思い切れなかった。そのうちに栗山が戯作のネタを調べていると知り、ついに覚悟を決めたという。

――栗山様は他人の不幸で肥え太るんだ。そんな奴、生きていたって誰のためにもなりゃしないさ。

そして五月十七日の晩、栗山を刺してから大川《おおかわ》に身を投げたらしい。

「これで子供と亭主のところに行ける。おせいはそう思っていたが、通りすがりの男に救われた。その後も何度も死のうとしたが、いつも男に止められる。思い余って自分のしたことを打ち明けたら、自訴して出ろと言われたんだと」

――おまえが名乗り出ないと、他の誰かが下手人としてお仕置きになりかねない。それでもいいのかと言われたら、知らん顔もできないじゃないか。

どうせ捨てる命なら、罪を償って死ぬことにしよう。おせいはそう覚悟して町奉行所に足を運んだそうだ。

文治の話を聞き終えるなり、お加代は聞かずにはいられなかった。

「その、おせいさんを助けた人って」

「名は知らないが、四十半ばのいい男だと言っていた」

死ぬことしか考えていないおせいにとって、恩人の名や素性などどうでもよかったに違いない。また、むこうも名乗ろうとしなかったようだ。

お加代はふと、おせいを助けた男が父ではないかと思った。

十二

栗山殺しがとうとう一件落着し、文治とお加代は約束通り祝言を挙げることになった。お仙は「さぁ、大変だ」と言いながら、目を輝かせている。

「おっかさん、『大変だ』は文さんの口癖よ。一緒になるといったって出ていく訳じゃないんだし、どうってことないじゃない」

張り切る母とは裏腹に娘は冷めた口を利く。普通は花嫁本人が誰より張り切るものだろうに、お加代はやけに落ち着いている。

やっぱり、本音じゃおれと一緒になりたくねぇのか……文治の心に住み着いた弱気の虫がうごめいたとき、お仙が意味ありげに笑った。

「あんたって子は、まったく素直じゃないんだから。どうして文さんの前だと恰好つけるんだろうねぇ」

「おっかさんっ」

「あたしの前じゃ、文さんの丈に合う紋付がないとか、仲人は石田様に頼んでいいのかとか、うるさくて仕方がないのにさ」

「もう、いい加減にしてっ」

お加代は顔を真っ赤にしてお仙の口をふさごうとする。母と娘のやり取りを文治は間抜け面で聞いていた。

「だいたい文さんも悪いんだよ。あんたがこれっぽっちも動こうとしないから、お加代はひとりで気を揉んでんだ。こういうことは、一緒になる男と女が二人揃って考えるものだろう」

「す、すいやせん」

祝言の日取りは七月七日に決まったが、文治は何もしていない。同じ家に住んでいるから、祝言という名の宴会をするようなつもりでいたのである。

お仙は文治の気持ちなどとっくにお見通しだったのだろう。責めるような目で文治を見つめる。

「傍から見る分には変わらなくても、気持ちの上ではその日を境に天と地ほども変わるんだ。猫の仔をくれてやる訳じゃないんだし、もっと大事にしておくれ」

「へえ、姐さんのおっしゃる通りで」

大きな身体を小さくすれば、「別にいいわよ」とお加代が言った。

「もともと文さんには期待していないもの。祝言の支度はあたしとおっかさんでやっておくから、当日だけいてちょうだい」

「そういう訳にはいかねぇだろう。石田の旦那と御新造さんに仲人を頼むなら、おれも挨拶に行かねぇと」

「仲人の件なら、もう承知してもらったわ。だからこそ、御用をしっかり務めろって言っているのよ。浮き足だって下手を打てば、恥をかくのは文さんでしょ。祝言のときにからかわれたら、あたしだって居たたまれないわ」

つんと顎を突き出され、文治は両の眉を下げる。相変わらずの二人を見て、お仙が呆れたように言った。

「本当に、この子は誰に似たんだか」

「おっかさんに決まっているでしょ」

「あたしはもっとかわいげがあったよ」

気が付けば母子喧嘩が始まってしまい、文治は口を挟めなくなる。そして、死罪の沙汰が下ったおせいのことを考えた。

裁きが申し渡される際、おせいはかすかに笑ったという。一刻も早く亭主や子供の待つあの世へ逝きたいと思っていたのかもしれない。子供が厠風邪にかかりさえしなければ、今も親子三人で幸せに暮らしていられたのに。

「何人も人が死んだのに……祝言を挙げていいんですかね」

「えっ」

「何だって」

知らず口から漏れた言葉をお仙とお加代が聞きとがめる。文治はしまったと思ったが、二人揃って睨まれれば、しらばっくれる訳にもいかない。胸をよぎった考えをおずおずと口にした。

茂兵衛、栗山、卯吉、理久、木村……五月から六月にかけて、五人の知り合いが続けて命を落としている。事件が落着したとはいえ、十手持ちが浮かれ気分で祝言を挙げていいのだろうか。

お仙は文治のためらいを「馬鹿馬鹿しい」と一笑した。

「人が五人も死んだ今こそ、祝言を挙げて子供を作るべきなのさ。これ以上もたもたしていると、お加代がますます年を取って子を産めなくなっちまうよ」

「おっかさん、何てことを言うのっ。あたしはそんな年じゃないわ」

あけすけな母にお加代が真っ赤になって文句を言う。文治は思わず噴き出した。

理久にお仙のようなたくましさがあれば、木村と幸せになれただろう。おせいにお仙のような前向きさがあれば、亭主と子供の供養をしながら生きていけたに違いない。

お加代は文治に殺しの疑いがかかったとき、大番屋に乗り込みかねない剣幕だったとお仙は言っていた。もし文治が無実の罪で命を落としたら、お加代はどんなことをしても下手人を捜し出すだろう。

それは自らの手で相手を殺して仇を討つためではない。文治の無実を世間に知らしめ、無念を晴らすためである。

おれにはもったいねぇ嫁だと思いつつ、文治は軽く頭を下げた。

「それじゃ、祝言のことは二人に任せやす。おれは見廻りに行ってくるんで」

「祝言が終わるまで、亡骸なんか見つけないでよ」

行ってらっしゃいの言葉の代わりに、お加代は憎まれ口を叩く。

お仙は照れ隠しだというけれど、果たして本当にそうだろうか。文治は首をかしげながら、八丁堀へと歩き出した。

倅を亡くした栗山の両親は八丁堀から出て行ったそうだ。石田が様子を見に行くと、父の源志郎はひどく老け込んで見えたとか。

——おせいというのはどうしようもなく愚かな女だな。末次郎にも親がいると何ゆえ思い及ばんのか。

たとえ大人になっていても、我が子に先立たれる悲しみに差などない——力ない呟きに、子だくさんの石田は涙が出そうになったという。

兄の大悟には結納まですませた許嫁《いいなずけ》がいたが、近々別の男に嫁ぐらしい。栗山家でも長男の喪が明け次第、末次郎の縁談を進めるつもりでいたようだ。嫁をもらえば、子供ができれば、末次郎も兄を忘れて役目に励むと踏んだのだろう。

けれどこの先、栗山の両親が我が子の祝言に出ることも、孫を抱くこともない。慣れない場所での二人暮らしはさぞかしさびしいものだろう。

そして、文治は行方の知れない辰三を思った。

死の間際に木村が嘘をつくとは思えないが、あれからずいぶん経っている。辰三はとっくに江戸を出ただろう。無理だとわかっているけれど、親分にはお加代の花嫁姿をひと目見せてあげたかった。

文治の母は幼い息子を置き去りにして、情夫と駆け落ちしてしまった。今さら母親面をして祝って欲しいとは思わない。むこうだって捨てた我が子のことなんか覚えていないに決まっている。

だが、親分は違う。きっとこの世の誰よりも娘の花嫁姿を見たかったはずなのに……。

ぼんやり歩く文治の脇を行商人が呼び声を上げながら追い越していく。額の汗を手で拭い、文治は目を細くして空を仰いだ。

いつの間にかお天道様は頭の真上に昇っていたが、あまり腹は空かなかった。胸に詰まっているものがやけに重たいせいだろうか。

足を引きずるようにして白魚橋のそばまで来たとき、大きな声で呼び止められた。

「あら、文ちゃんじゃないか。ぼんやりしてどうしたのさ」

ぎょっとして振り向くと、かつて隣に住んでいたお春が立っている。しかも、その目はそこはかとなく怒っていた。

「この春に会ったとき、近いうちに顔を出すって言ったくせに。もう六月も末じゃないか。まったく文ちゃんは口ばっかりなんだから」

「お、お春さん、すまねぇ」

相手の勢いに押されるまま、文治は急いで頭を下げる。

こんなところで、また「文ちゃん」と連呼されてはかなわない。お春の肩を両手で押して人気のない路地に入った。

「ずっと御用で忙しかったんだ。約束を忘れた訳じゃねぇんだぜ」

本当は忘れていたのだが、馬鹿正直に言うことはない。すると、お春は思い出したように顔をしかめた。

「そういや、同心殺しの疑いをかけられたんだってねぇ。文ちゃんに限って人殺しなんてできっこないのにさ。辰三親分が芝で大金を奪ったって噂も聞いたけど、あれは本当なのかい」

「いや、ただの勘違いだ」

仏門に入った山木屋のお佳津は狂言だったと認めた上で、訴えを取り下げている。文治の答えにお春は顔をほころばせた。

「そうかい。そうだと思ったよ。辰三親分に限ってそんなことをするはずないもの。あとは一日も早く無事に見つかってくれればいいけど」

「お春さんはやけにうちの親分の肩を持つんだな。世話になったことでもあるのかい」

手を打って喜ぶ相手を見て、文治は不思議な気分になる。

深川が縄張りの十手持ちならいざ知らず、いつ辰三と知り合ったのか。何よりお春は去年の春まで江戸を離れていたはずだ。

「あたしじゃなくて、うちのおとっつぁんがね」

はるか昔、辰三は彦六の屋台に顔を出したことがあったようだ。

「ごろつきに因縁をつけられて困っていたら、追い払ってくれたんだって。そのときは名も言わずに立ち去ってしまって満足に礼も言えなかったけど、しばらくしてその恩人が文ちゃんを連れて長屋に来たから、びっくり仰天したってのさ」

しかも、父を亡くした文治を引き取ってくれると知って、彦六は感激したらしい。

――十手持ちなんてろくなものじゃないと思っていたが、辰三親分は違う。あの人は男の中の男だ。

すっかり辰三贔屓になった彦六は、娘が里帰りをするたびに繰り返し語って聞かせたそうだ。

「そんな訳で、辰三親分が『名なしの幻造』を追って姿を消したって聞いたときは、大騒ぎだったんだから」

「……そうだったのか」

事情を知って、文治はあいまいにうなずいた。

ごろづきに絡まれた屋台の親父を助けて立ち去る――いかにも、うちの親分がやりそうなことだ。何もおかしなことはねぇ。

彦六は屋台の蕎麦屋と言っても店を出す場所は決まっている。昼間は富岡八幡のそば、日が暮れてからは蛤町だ。辰三はきっと八幡様にお参りに来て、彦六が絡まれているのを見かけたに違いない。

危険の多い目明しは信心深いところがある。彦六に名乗らなかったのは、縄張り外で大きな顔をしたくなかっただけだろう。よくあることだと思うのに、不穏な胸騒ぎは激しくなる一方だった。

十六年前、文治は辰三に拾われてから三月も住まいを教えなかった。自分を殴る父といるより、辰三のそばにいたかった。

けれど、「千手の辰三」なら……いくらこっちが黙っていても、拾った子供の住まいや素性を突き止められたのではないか。彦六の屋台に立ち寄ったのは、文治の暮らしぶりを隣人から確かめようとしたのでは。

たとえそうだったとしても、何らおかしなことはないと再度思い込もうとしたが……だとしたら、どうしても引っかかることがある。

文治が住まいを教えるまで、どうして辰三は黙っていたのか。

酔った父が堀に落ちて、すでに死んでいることを。

「文ちゃん、急に黙り込んでどうしたのさ」

お春の心配そうな声で、文治はようやく我に返る。

そして無理やり笑みを浮かべ、「久しぶりに彦六とっつぁんの蕎麦が食いたくなった」とお春に言った。


七月三日は朝からいい天気だった。

「あたしはちょっと出かけるから、あとはよろしく頼むよ」

六ツ半（午前七時）過ぎ、お仙はお加代に声をかけていつものように店を出る。文治はその後ろ姿を気付かれぬように追いかけた。

本当は、わざわざ後をつけなくても行き先はわかっている。十中八九、文治の父の墓のある麻布《あざぶ》の良雲寺《りょううんじ》に違いない。

先日、文治は久しぶりに彦六と会い、昔話に花を咲かせた。それから良雲寺に行って、住職に話を聞いたのだ。

——前は辰三親分が、今はおかみさんが、文吉さんの月命日には決まってお参りをされています。本当に奇特なご夫婦です。

それに引き替え、実の倅はと思われていたのだろう。言葉遣いは丁寧だが、住職の目つきは厳しかった。

父が死んで十六年、この十年は一度も墓参りに来ていない。薄情な息子に代わって辰三夫婦が墓を守っていたと知り、文治は心底驚いた。

二人は死んだ父の顔さえ知らないはずである。文治のことを墓前で報せるにしても、いささか手厚すぎないか。

お仙をつけたとお加代が知れば、「聞きたいことは直に聞け」と眉をつり上げて怒るだろう。だが、親しいからこそ聞けないことがこの世の中にはたくさんある。一度口から出たことはなかったことにできないのだ。

麻布は木々が多いため、商家の多い日本橋より蟬《せみ》の鳴き声が耳につく。

そういえば、おとっつぁんに連れられて蟬取りに来たことがあったっけ——はるか昔の思い出が文治の頭に浮かび上がった。

母の作った弁当を持ち、一日父に遊んでもらった。あの頃の父はやさしくて、仕事で遠方に出かけると必ず土産を買って帰った。その数年後、まさか母がいなくなり、父に殴られているなんて夢にも思っていなかった。

緑の木々の間を縫って、お仙はどんどん歩いて行く。

盆になるのを待っているのか、墓地は見事に人気がなかった。このまま父の墓の前までまっすぐに行くつもりだろう。

そう文治が思ったときだ。

「お仙の後をつけるなんざ、おめぇもいっぱしの十手持ちになったじゃねぇか」

それは久しぶりに聞く、忘れられない声だった。

どうか、どうか、空耳じゃありませんように。

祈る思いで振り向けば、木の陰に隠れるようにして辰三が立っていた。

にわかに信じられなくて、その場から動くことができない。近づけば、辰三の姿が消えてしまいそうな気がした。

ややして文治は我に返りお仙の姿を捜したけれど、どういう訳か見つからない。こっそり後をつけたつもりが、逆におびき出されたようだ。

まだまだおれじゃ歯が立たねぇ。

文治は苦笑して口を開いた。

「親分、今までどうしていたんです」

「そんなことより、もっと聞きたいことがあるんじゃねぇか。この際だ。ひとつだけなら答えてやるぜ」

からかうような口ぶりは昔とちっとも変わっていない。はぐらかされているのを承知で、文治は辰三に聞いた。

「四年ぶりだってのに、ひとつしか駄目なんですかい」

「こういうこたぁ、もったいぶったほうがいいんだよ」

「かなわねぇなぁ」

親分に会ったら、聞きたいことが山ほどあった。どうして黙って姿を消したのか。なぜ塚越を止めなかったのか。お仙とはいつ、どうやって連絡を取っていたのか。自分はお加代にふさわしいか……。

でもひとつだけと言われたら、これだけは答えて欲しい。

「……親分は、誰も殺しちゃいませんよね」

お加代から「塚越に殺されかけた」と聞いたとき、文治は「旦那を殺したのは親分じゃないか」と思ってしまった。だからこそ、お加代の口から同じ不安が漏れたとき、「あり得ない」と首を振った。

仮にそうだったとしても、塚越が死んでいなければお加代が死んでいただろう。辰三の手が汚れていたって非難する気はさらさらない。それでも、文治は本当のことが知りたかった。

「よりによってそう来たか。お加代には内緒にしてくれよ」

半ば覚悟していたとはいえ、本人の口から言われると心に重くのしかかる。文治はこぶしをぎゅっと握った。

「やっぱり、塚越の旦那を殺したのは親分だったんですね」

お加代には口が裂けても言いやせん――と文治が約束する前に、辰三が片眉を撥ね上げる。

「いや、そいつは俺の仕業じゃねぇ。殺ったなぁ、与力の久保寺隆三様だ」

「何だって与力の旦那が……」

驚きのあまり発した言葉は途中でかすれて消えてしまった。それを知っているということは、辰三も塚越殺しの現場に居合わせていたことになる。

文治が目を白黒させると、辰三は自嘲するように口元を歪めた。

「塚越の旦那がなぜ大店を強請ったのか。その理由は突き止められたか」

「あいにく」

「旦那が悪事に手を染めたのは、隆三様の父、久保寺隆信《たかのぶ》様に強請られたからだ。旦那は理久様を守りたい一心で、道を踏み外しちまったのさ」

静かに語る辰三の目には見たことのない暗さがあった。

事の起こりは十四年前、理久の父である野澤屋の先代がささいな口論の末に人を殺してしまったことだ。

口入れ屋は奉公先を斡旋するのが商売だから、雇う側、雇われる側の双方から文句を言われることがある。特に雇われる側は素性の怪しい者が多いため、先代は幼い頃からヤットウを習っていたらしい。

「だが、そのせいで相手の振り回す刃物を奪って刺し殺しちまったらしい。途方に暮れた先代は娘婿の旦那に泣き付いたんだ」

身を守るためであったとしても、人を殺せばまず遠島は免れない。主人が罪人となった野澤屋は闕所《けっしょ》、理久は罪人の娘となる。

そんなことになれば、役人である塚越は理久と別れなくてはならない。旦那はそれを避けるために、舅《しゅうと》が手にかけた亡骸を人知れず埋めることにした。

死んだ男は身寄りもなく、奉公先と言い争って飛び出してきたばかりだった。行方知れずになったところで騒ぐ者は誰もいない。

ところが、亡骸を埋めているところを久保寺隆信に見られてしまった。

「先代の久保寺様は金遣いの荒い方でな。定廻りなら実入りがいいだろうと塚越の旦那を強請り出した。本来なら野澤屋に金を出させるのが筋だと思うが、旦那はそうしなかったんだ」

その代わりに、塚越は辰三に話を持ちかけたのだ。

金になりそうなネタはないかと。

「それで、親分は黙って強請の片棒を担いだってんですか。塚越の旦那にどれだけ世話になったか知らねぇが、その場で断ればよかったんだ」

思わず声を荒らげてから、文治ははたと気が付いた。

塚越が妻にすら隠し通したことを辰三にだけ打ち明けたのは、辰三もまた塚越に弱みを握られていたからでは。

いかなることを頼んだところで断られる恐れはない――それほど大きな弱みと言えば、ひとつしかないだろう。

「親分は、いってぇ誰を殺したんです」

覚悟していたつもりなのに、問いかける声が震えてしまう。

野澤屋が人を殺したのは十四年も前のことだ。

それより前に辰三が罪を犯していたとすれば。

「おめぇの親父だよ」

もしやの思いが当たってしまい、文治はごくりと唾を呑む。頭の中を今まで以上に「どうして」という言葉が飛び交う。

辰三が気まずそうに目を伏せた。

「おめぇがなかなか素性を明かさねぇもんだから、俺は勝手に調べ始めた。訳ありだとは思ったが、親はきっと消えた我が子を捜しているはずだからな」

文治は頑なに口を閉ざしていたものの、所詮十二の子供である。何気ない言葉の端々から住まいは深川と当たりをつけたら案の定、蛤町の重兵衛店に住む十二の「文治」が家出をしていた。

そこで親の様子を見てみれば、文吉は我が子を捜すでもなく昼から酒を飲んでいる。合間に口から飛び出すのは、自分を捨てた女房と子供への罵詈雑言《ばりぞうごん》だ。

「逃げた女房を罵るのは勝手だが、子供に罪はねぇだろう。こんなところに餓鬼のおめぇを帰せねぇと思ったのよ」

とはいえ、このまま放っておいたらかどわかしと見なされかねない。文吉が正気のときに話をしようと思っていたが、相手はひたすら飲み続ける。

辰三はついに痺れを切らし、飲み屋帰りの文吉を呼び止めた。人気のない堀端で「文治を預かっている」と言ったとたん、殴りかかってきたそうだ。

「酔いのせいもあったんだろうが、こっちの話なぞ聞きゃしねぇ。おめぇを帰せと言いながら闇雲に突っ込んで来やがるんで、ひょいと体《たい》をかわしたのよ」

勢い余った文吉はそのまま堀に落ちてしまった。暦は十月に入っており、堀の水はかなり冷たい。すぐに助けなければ命に関わるとわかっていながら、辰三はためらった。

「助ければ、おめぇの親父は倅を帰せと騒ぐだろう。いっそ亡くなってくれれば……そう思っちまったのさ」

実際、酔っ払っていた文吉はあっという間に水に沈んだ。三日の空に月はなく、辺りは闇に覆われている。このまま黙って立ち去れば、酔った文吉が足を踏み外して溺れたと誰だって思うに決まっている。

辰三が踵を返そうとしたとき、提灯の灯りが近づいてきた。

――大きな水音がしたようだが、こんなところで何をしている。

わざわざ確かめるまでもなく、声の主が塚越だとすぐにわかった。きっと野澤屋から八丁堀に帰る途中で、不審な水音を聞きとがめたのだろう。

相手が塚越でなかったら、しらばっくれたかもしれない。しかし、明日になれば文吉の亡骸が堀から浮かび、塚越はすべてを察するはずだ。

悪いことはできないと辰三はその場で観念した。正直に白状すれば、塚越は「何もなかった」と言い出したという。

「おまえが突き落としたというならともかく、酔って勝手に落ちたのだ。決して口外しないから気に病むなと言ってくださった。だから、すべてを打ち明けて『頼む』と頭を下げられれば、手伝わない訳にはいかねぇ。因果は巡るとはよく言ったもんだぜ」

老舗の大店ほど醜聞を嫌い、また大店であればあるほど後ろ暗いところがある。辰三はそういう弱みを塚越に教え、塚越はそれをネタに金を強請った。ただし、一度に強請り取る金額は辰三が決めていたらしい。

「そのせいで肝心の店が潰れちゃ、あんまり後生が悪いじゃねぇか。だから店の内証《ないしょう》を見極めて、いくらまでにしてくれと旦那にお願いしていたんだ。ひとつの店を強請るのは一回こっきりにしてくれともな」

塚越が強請られていたと知って文治は深く納得した。二千両も何に使ったのかと思っていたが、すべて巻き上げられていたのか。

一方、久保寺は言いなりに金を差し出されてすっかり調子に乗ってしまった。時を追うごとに求める額は大きくなったが、強請のネタになるような不始末には限りがある。塚越は次第に追い詰められ、辰三に隠れて同じ店を二度、三度と強請るようになってしまった。

「そいつを知って俺は焦った。旦那が強請を始めて十年、これから先も続けていりゃあ、いずれ嫌でも明るみに出る。そうなりゃ、お仙やお加代は罪人の身内になっちまう。だから、俺は逃げ出した。旦那の強請り取った金の控えと共にな」

文治は最後の一言に目を瞠った。

「その控えってなぁ、ひょっとして手文庫から見つかった……」

「そうだ。塚越の旦那が殺された後、俺が八丁堀の組屋敷に忍び込んで手文庫に戻しておいたのよ」

あの控えが見つからなければ、「塚越に殺されかけた」というお加代の言葉は信じてもらえなかったろう。

さすがに「千手の辰三」、何とも手回しのいいことだ。当時のことを思い出して、文治は手を打った。

「用心深い旦那にしちゃあ、妙だと思ったんでさぁ。道理で、御新造さんが『夫は罠にかけられた』とおっしゃったはずだぜ」

うっかりはしゃいだ声を出せば、辰三の顔に影が差す。

「突然俺に消えられて、旦那はさぞかし慌てただろう。そして『名なしの幻造』を追わせていたと言い繕って世間の目をごまかした矢先、久保寺隆信様が急死した。どうせあの世に逝くのなら、あと二十日も早く死んでくれりゃあよかったのに」

吐き捨てるような言葉には深い恨みがこもっていた。

久保寺隆信が亡くなって、塚越は長年の悩みから解き放たれるはずだった。しかし、辰三の行方は摑めぬまま、文治とお加代は頑なにその死を受け入れようとしない。

何とか諦めさせようと策を弄せば、ことごとく裏目に出てしまう。追い詰められた塚越はとうとうお加代を殺そうとした——ひと通り説明されてなお、文治は聞かずにいられなかった。

「そういうことなら、どうして倅の久保寺様が塚越の旦那を殺すんです。強請っていたのは先代で、今の久保寺様じゃねぇんでしょう」

第一、強請ったほうが強請られていたほうを殺すなんておかしな話だ。それとも父親の強請とは別の理由で手にかけたのか。

「おめぇもいっぱしの理屈をこねるようになったじゃねぇか。そいつぁ、お加代のお仕込みか」

「親分、ここまできて茶化さねぇでくれ」

「別に茶化しちゃいねぇって。隆三様は遺品の片付けをしている際中に、死んだ父親が塚越の旦那を強請っていたことを知ったんだろう」

定廻りがいかに実入りがよくても、父親の搾り取った金は尋常ではない。塚越はこの金をどうやって手に入れたのか。久保寺隆三は不審に思い、同心が大店を強請っていると勘付いたに違いない。

塚越の強請が表沙汰になれば、当然金の使い途も取り沙汰される。二百石取りの与力が三十俵二人扶持の同心を強請っていたなど、あってはならないことである。

文治やお加代の動きに塚越が目を光らせていたように、久保寺もまた塚越を見張っていたのだ。そして、「旦那がお加代の首を絞めるのを見て、今しかねぇと思ったのさ」と辰三は言った。

「親分はそいつを黙って見ていたんですかい」

なぜその場にいたのかと聞くつもりが、違う言葉になって出た。

「おめぇがお加代から目を離したりするからだぜ。隆三様が殺ってくれなきゃ、俺が殺らなきゃいけなかった」

あの晩、自分がもっと早く駆けつけていれば……長らく絡まっていた糸が解けたとき、文治の胸にはやりきれなさだけが残った。

十四年前、塚越は野澤屋の先代に縄をかけるべきだったのか。

理久は夫の強請が自分のためとは知らずに死んだ。夫に裏切られたと思い、木村まで罪に巻き込んだ。自分もまた知らぬ間に辰三を罪に巻き込んでいた。

文治を拾いさえしなければ、辰三は強請の片棒を担がずにすんだはずである。今も江戸一番の十手持ちとして堂々と歩いていられただろう。お加代とお仙もさびしい思いをしなくてすんだに違いない。

そう思ったら何と言って詫びたらいいか、わからなくなった。

「でけぇ図体して泣きそうな面ぁしてんじゃねぇよ。お加代が見たら、どやされるぜ」

「親分、申し訳ありやせん」

文治は固くこぶしを握って、膝に額がつきそうなほど頭を下げる。

「俺はおめぇの父親を見殺しにした男だぜ。恨まれこそすれ、頭を下げられる覚えはねぇよ」

「馬鹿言わねぇでくだせぇ。十六年前、親分に拾ってもらえなければ、おれはのたれ死んでいたはずだ。親分は命の恩人でさ」

しかも、負わなくてもいい重荷まで背負わせてしまった。文治は一度ためらってから、意を決して口を開く。

「あのとき、無理やり親父の元に戻されていたら……おれが親父を殺していたかもしれやせん」

まさか文治がそんなことを言うとは思っていなかったのだろう。目を瞠った辰三を見て、文治はひそかに自嘲する。

父の元から逃げたのは、このままでは殺されると思っただけではない。逆にこの手で殺しかねないと思ったからだ。

「相手が酔って寝ているときなら、力がなくてもぶすりとやれる。十二かそこらの餓鬼だってそのくらいの知恵は持ってまさぁ」

だが、そんなことをすればおしまいだとわかっていたから、身ひとつで長屋を飛び出した。久保寺が塚越を殺さなければ、自分が殺ったと辰三は言った。それは文治にも言えることだったのだ。

追うか、追われるか。強請るか、強請られるか。殺すか、殺されるか。ほんのささいなきっかけで人の立場は入れ替わる。

そして、文治は辰三が姿を現した理由を悟った。

「お加代と一緒になる前に、おれに親父のことを話すつもりだったんですかい」

「……後でばれて、お加代との仲が壊れちまったら申し訳ねぇ。土壇場で言われても迷惑だろうと思ったが」

すべてを知ってなお、お加代と一緒になれるかと辰三の目が聞いている。文治は逆に問いかけた。

「おれが親分の一生を狂わせちまったのに……お加代と夫婦になっちまってもいいんですかい」

「おめぇがもらってくれなきゃ、お加代はこのままいかず後家だ。手数《てかず》のかかる娘だが、よろしく頼む」

右の眉だけ器用に動かし、親分は口の端を上げる。その笑い方が娘のお加代にそっくりで、文治は言わずにいられなかった。

「どうか『たつみ』に帰ってくだせぇ。親分は悪事の片棒を担いだと言っても、金をもらっていた訳じゃねぇ。おれの親父は勝手に堀に落ちたんだ。親分が気に病むこたぁありやせん」

「あいにく、俺はそこまで図太くできてねぇんだ。それに、『千手の辰三』は『名なしの幻造』に殺されたことになってんだろう」

「だから、命からがら逃げ延びたってことにすれば」

文治は必死で言い募ったが、辰三は静かに首を振った。

「ひとつの嘘を隠すために、もっと大きな嘘をつく。そいつが積もり積もって引き返せねぇところまで流されちまうんだ。今度のことでおめぇもよくわかっただろう」

「なら、おれとお加代の祝言だけでも」

「死人が祝言に出る訳にはいかねぇ。お加代のこと、頼んだぜ」

本当は愛娘の晴れ姿を誰より近くで見たいだろう。

けれど、祝言には顔見知りが招かれる。祝言当日は「たつみ」に近付くことも難しいに違いない。

遠ざかる辰三の後ろ姿を見たくなくて、文治は固く目を閉じる。

うるさい蟬の鳴き声が、まるで自分の代わりに泣いているようだった。

十三

「お加代、花嫁衣装を着てごらん」

七月六日の晩、いきなり母に命じられてお加代はとまどった。

寸法直しはしてあるし、祝言は明日に迫っている。たとえおかしなところがあっても、今から直せないだろう。「急にどうして」と尋ねれば、母は腰に手を当てた。

「明日の帯の結び方をどうしようかと思ってさ。いよいよって時になって、まごつくのは嫌だからね」

帯の結び方なんて何でもいいと思ったけれど、母もできる限り娘を飾りたいのだろう。その気持ちをありがたいと思いつつ、素直に礼を言うのは照れくさい。いかにも面倒な風を装いながら、お加代は衣紋竹《えもんだけ》にかけてあった着物を下ろした。

母から譲られた花嫁衣装は白無垢の打掛ではない。そんな豪勢なものを着られるのは金持ちのお嬢さんだけで、普通はよそ行きの絹小袖がせいぜいだ。

お加代が明日身にまとうのは、萌黄《もえぎ》の地に花丸柄のかわいらしい小袖である。おかげで母から「薹が立つと似合わない」とさんざん脅かされた。

今になって「似合わない」と言われたらどうしよう……急に自信がなくなってびくびくしながら袖を通せば、母が満足げにうなずく。

「やっぱり、あたしの娘だね。うちの人と一緒になったときを思い出すよ」

お加代は胸をなでおろし、ここにはいない父を思った。

おとっつぁんがこの姿を見たら、おっかさんと同じように感じてくれるかしら。そんなことを思っている間に、黒い帯を巻き付けられる。

「やっぱり、文庫じゃ地味だよねぇ。おいそ結びか、路考《ろこう》結びか……お加代、どっちがいいと思う」

「あたしはよくわからないから、おっかさんに任せるわ」

「何だい。自分のことじゃないか」

「だって、背中は自分じゃ見られないもの。それより早くしてちょうだい。だんだん暑くなってきたわ」

日のある時分よりましとはいえ、四ツ（午後十時）を過ぎてもまだ暑い。この時期、袷の着物なんて長く着られるものではない。

「だから、あたしが言ったじゃないか。五月になる前に祝言を挙げろって。明日はその恰好でずっと座っているんだよ」

「だから、あたしが言ったじゃない。裏を取って単衣にすればって」

「馬鹿言いなさんな。せっかくの着物がもったいないじゃないか」

「ああ、もうっ。そんなことを言っていないで、早く結び方を決めてちょうだい。着物が汗でしわになるわ」

お加代が焦って言い返せば、母はしかめっ面のまま手際よく帯を結び出す。背中なのではっきりしないが、路考結びにしたようだ。

「せっかくだから、目立つようにしないとね」

「でも、ちょっと膨らませ過ぎじゃないかしら」

お加代は後ろに手をやって、帯の形を確かめる。

狭い店で働くときは、帯の膨らみが邪魔になる。それに長くて硬い帯は重たい上に窮屈なので、いつもはもっと短い帯を無造作に締めている。こんな派手な結び方は一度だってしたことがない。

「いいんだよ。花嫁なんて座っていればいいんだから。祝言のときくらい派手にしなくてどうすんのさ。ほら、ぐるりと回ってみな」

少々照れくさかったけれど、言われた通りひと回りする。母は一度うなずいて、「今度はそこに立ってごらん」と開け放した障子の前を指す。

一刻も早く着物を脱ぎたい一心で、お加代は「はい、はい」と返事をする。かすかに吹き込んでくる風が汗ばんだうなじに気持ちよかった。

開け放した窓から空を見れば、厚い雲で星が見えない。

このところ晴れが続いていたのに、明日は雨になるのだろうか。大安や仏滅はあらかじめわかっているけれど、天気ばかりはどうにもならない。どうか晴れてくれますようにと心の中で手を合わせた。

文治は今晩、石田や仁吉、由松たちと近所で飲んでいるはずだ。明日の前祝いではなく、独り者の由松を慰める集まりなのだとか。

調子に乗った文さんが飲み過ぎなければいいけれど。花婿が二日酔いなんて、世間のもの笑いになるわ。

思わず顔をしかめれば、「何て顔をしてんだい」と母の尖った声が飛ぶ。

「嫁入り前の花嫁なんて誰より幸せなはずだろう。もっとうれしそうな顔をしたらいいじゃないか」

「そんなことを言われたって」

一緒になるのはあの文治で、家を出て行く訳でもない。これから先も今までと同じ毎日が続くのだ。

しかし、思ったことを正直に打ち明けたら大変だ。どうしたものかと思っていたら、母は黒い帯を撫でた。

「やっぱり、うちの人の見立ては確かだね。黒じゃ地味かと思ったけど、着物によく合ってるよ」

「え、それじゃ」

着物同様、帯も母が祝言で締めたものだと思っていた。けれどもそう言われてみれば、黒《くろ》繻子《じゅす》の地に臙脂《えんじ》の花唐草《はなからくさ》の帯は真新しい光沢を放っている。

黒はどんな色よりも傷みが目立つ。いくら大事にしていても二十年も経っていれば、色が褪せてくるだろう。

目を丸くしたお加代を見て、母が得意そうに笑う。

「その帯はおとっつぁんがあんたのために買ってくれたものだからね。明日の祝言には出られないけど、ちゃんとあんたのそばにいるから」

そんなふうに言われたら、泣きたくなるに決まっている。母はそれを見越した上で今晩教えてくれたのか。

「おとっつぁんは……いつこれを」

「いなくなる前さ。お加代もそろそろ年頃だから、支度をしておいたほうがいいだろうって。今にして思えば、あんたの祝言には出られないと覚悟をしていたんだろうね」

「……何で、そのときっ」

お加代は母にしがみつき、責める言葉を呑み込んだ。

ものに託した人の思いは過ぎてみないとわからない。母だって父が消えるとはかけらも思っていなかったろう。お加代は文句を言う代わりに、堪えきれない涙をこぼした。

帯なんて古くたっていい。

おとっつぁんにひと目だけでもこの姿を見せたかった。

祝い事や祭りのたびにひとり娘を着飾らせては、目尻を下げて見つめていたたったひとりの父親に。

「さ、もういいだろう。汗をかく前に着物を脱ぎな」

帯を叩いてうながされ、お加代は両手で涙をぬぐう。そして母から離れると、三つ指をついて頭を下げた。

「お加代、改まってどうしたのさ」

「おっかさん、今まで育ててくださって本当にありがとうございました。御恩は生涯忘れません。勝手ばかりしましたけれど、これからは精一杯親孝行しますから」

父に礼を言えない分、母にはちゃんと言おうと思った。

いつだって父は娘に甘く、小言は母の役目だった。幼い頃は、「おっかさんなんて大嫌いっ」と叫んだことも数知れない。

けれど大人になるにつれ、いろんなことがわかってくる。父はお加代が熱を出しても、御用があれば飛び出して行く。寝ないで看病してくれるのは、決まって母の役目だった。叱れたお加代が泣きながら家を飛び出したときだって、母は店を休みにして捜しに来てくれたのだ。

心の底ではいつだってありがたいと思っていた。そのくせ、口から出てくるのは天邪鬼《あまのじゃく》な言葉ばかり。特に父が消えてからは文治の御用に口を出し、母があれほど望んでいた十手返上もさせなかった。

あんたが娘でよかったよ——母はお加代に繰り返し言った。

息子だったら、父の跡を継いで目明しになったに違いない。だが、娘はどんなに望んだって十手を預かることができない。だから「娘でよかった」と母は思っていたらしい。

岡っ引きは御用のためなら、どんなに物騒な場所でも飛んでいく。常に我が身を危険にさらして女房子供は二の次だ。それでも無事に戻ればいいが、父は帰ってこなかった。

十二の年から面倒を見た文治は、母にとって実の息子と変わらない。亭主の二の舞はさせたくないと、辞めさせたがった気持ちはわかる。お加代だって「十手を返上させたほうが……」と思うときもあったのだ。

このままお上の御用を続けて果たしていいことがあるだろうか。袖の下をもらわない文治はいつも懐が風邪っぴきだ。

父は筋違いの金はもらわなかったが、ちょっとした口利きで礼をもらうことはあった。文治は貫禄がない上によろず要領が悪いので、そういう割のいい仕事がない。たまに頼まれることと言えば、やたらと厄介な事ばかりだ。

石田はいい人だと思うものの、金にはとことん渋かった。塚越の手先だった頃と比べて、小遣いは格段に減ったという。二人で「たつみ」を切り盛りしたほうが母も安心するだろう。けれども、そんな考えは長く続けられなかった。

文治から十手を取り上げたら、一体何が残るのか。お加代が卯吉に襲われたとき、足音もけたたましく文治は助けに現れた。あの大きな足音を、仁王のように立つ姿を、どれほど頼もしく思ったことか。きっと自分以外にもそう思った人がいるはずだ。江戸から「千手の辰三」ばかりか「六尺文治」がいなくなったら、この先どうなってしまうのか。今はいろんな意味でおとっつぁんの足元にも及ばないが、誰もいないよりはましだろう。

　おっかさんの望みをかなえてあげられなかった分、これから孝行しますから――そんな思いを込めて言えば、なぜか母は笑い出す。

「はるか遠いところへ嫁に行く訳じゃなし、同じところに住んでいて『今までありがとう』もないもんだ。だったら、あたしはこれから先、何もしなくていいってこったね」

「おっかさん、こういうときまで揚げ足を取らなくたっていいでしょう」

　自分のへそも曲がっているが、この母ほどではないと思う。

　お加代が真っ赤になって文句を言えば、さすがにまずいと思ったらしい。母はわざとらしく咳払いをした。

「あんたも明日の晩からは、『千手の辰三』の娘じゃなくて、『六尺文治』のおかみさんになるんだ。あたしも年を取るはずさ」

「あら、あたしは死ぬまで辰三の娘よ。それに文さんのおかみさんって呼び名が加わるだけじゃないの。文さんと一緒になったからって別に何も変わりゃしないわ」

　最初に茶化されてしまったせいか、つい突っ張った口を利く。すると母は目を瞠り、それからぷっと噴き出した。

「そうだね。あんたは死ぬまであたしとあの人の娘だもの。さぁ、さっさと着物を脱がないと、汗でしわができちまうよ」

さっきは着ろと言ったくせに今度はすぐさま脱げと言う。お加代はちょっとむっとしたが、素直に帯をほどき始めた。

そして、祝言の晩。

お加代は隣に座る文治にずっといらいらし通しだった。

文治の丈に合う紋付がなくて、見た目が様にならないのは仕方がない。お加代の姿を見て、「きれいだ」とか「似合っている」と言わなかったのも大目に見よう。しかし、花嫁のほうを見ようともせず、しきりと表に目をやるのは一体どういうことなのか。

まさか、訳ありの女がいて、乗り込んで来るんじゃないでしょうね。

すぐさま文治の衿を摑んで問い詰めてやりたいところだが、さすがのお加代も花嫁姿で喧嘩をする訳にはいかない。引きつった笑みを浮かべたまま、時折横目で睨むのがせいぜいだった。

石田の調子っぱずれの高砂《たかさご》や仁吉の節回しがおかしい新内節《しんないぶし》は、はっきり言って苦痛だった。酔っ払った由松がいきなりもろ肌を脱いで踊り始め、たすき掛けのお駒は客を蹴飛ばしそうな勢いで酒や料理を運んでいる。母はひとりひとりに礼を言い、酒を注いで回っていた。

黙ってじっと座っているのがこれほど苦しいことだなんて……お加代は額の汗をさりげなく懐紙で拭いながら、腹の中で悲鳴を上げる。一刻も早く祝言という名の宴会が終わることを願っていたら、増田屋夫婦が近寄って来た。

「お加代さん、きれいですよ。辰三親分がその姿をご覧になったら、さぞかし喜ばれたことでしょう」

「その分、私らの目に焼き付けておきますよ」

涙ぐむ二人の顔を見て、お加代は急に泣きたくなる。目を細める増田屋の主人が父と重なって見えてしまった。

せっかく帯を買ってくれても締めたところを見られなければ、似合うかどうかわからない。紅を引いた下唇を噛み締めそうになったとき、増田屋の御新造に手を取られた。

「これで私たちも心置きなく江戸を離れることができます。どうか、お八重の分まで幸せになってちょうだいね」

口を開けば涙が出そうで、お加代は黙ってうなずいた。

文治は勧められるまま無言で盃を空けている。いつもは一升飲んだってびくともしない人なのに、今夜はいつになく顔が赤かった。

翌朝、目を覚ましたお加代はだるい身体を叱咤して階下に降りた。

本当はもっと寝ていたかったけれど、寝坊なんてしようものなら母に迷惑をかけてしまう。親孝行をすると言った舌の根も乾かぬうちから、面倒をかけては申し訳ない。そう思って起きたのに、肝心の母の姿が見えない。

今さっき明け六ツ（午前六時）の鐘が聞こえたばかりだから、どこかに出かけたとは考えづらい。嫌な予感に背中を押され、お加代は慌てて雨戸を開ける。差し込む朝の光で、入れ込み座敷に置いてあった自分宛ての文に気付いた。

「文さん、どうしよう。おっかさんがいなくなっちゃった」

慌てて二階に駆け上り、寝ている文治を叩き起こす。こちらの剣幕に驚いたのか、いつもは寝起きの悪い文治も飛び起きた。

「姐さんがいなくなったなんて、朝っぱらから何言ってんだ」

水でも汲みに行ったんだろうと文治が欠伸《あくび》まじりに言う。その鼻先に母の書置を勢いよく突きつけた。

おとっつぁんのところに行きます。
そのうち様子を見に来るから、文さんと仲よくやってください。

母の筆跡で記された、たった二行の置き手紙。その意味するところを察するなり、お加代はまっさおになった。

「おとっつぁんのところに行くなんて……おっかさんてば、人知れず身投げでもする気じゃないかしら」

父が死んだなんて思いたくもないけれど、今も行方は知れないままだ。万事用心のいい母があてもなく旅立つとは思えない。

文治との祝言を急がせたのは、母としての務めを果たして死ぬつもりだったからなのか。

お加代がぶるぶる震え出すと、文治が顔を引きつらせる。

「お加代、落ち着け。ここに様子を見に来ると書いてあるじゃねぇか」

「それはおっかさんがあの世に逝って、盆になったら帰るってことかも」

「姐さんに限ってそんな真似はしやしねぇって……あ、そうか。だから、お加代を頼むと言ったのか」

何を思い出したのか、文治が一転、腑に落ちたと言わんばかりの表情になる。お加代は両手で顔を覆った。

まさか、父ばかりか母まで失ってしまうなんて。こんなことになるのなら、文治と祝言なんて挙げるんじゃなかった。

「あたしを置いてひとりで逝くなんてあんまりよ。おっかさんの馬鹿っ」

「おい、おめぇはおれの女房になったんだぞ。亭主をほったらかしてついて行ったら、そっちのほうが馬鹿だろうが。この際、夫婦水入らずにしてやれよ」

「あの世で水入らずになったって、どうしようもないじゃない。文さんのあほんだら、すっとこどっこい」

目に涙を浮かべて罵ったとき、文治が怪訝な顔をする。

「親分は生きているのに、どうしてあの世で水入らずになれるんだよ」

当たり前のように問い返されて、お加代ははたと我に返る。

突然の出来事に動転してしまったけれど、母は自ら死を選ぶような人ではない。木村は芝で父を見かけたと言っていたし、文治は父が生きていると頭っから決めつけている。

さては……父が今どこにいるか、母と文治は知っていたのか。

「おとっつぁんの行方を知っているなら、どうしてあたしに黙っていたの。ひとりだけのけ者にするなんてひどすぎるわっ」

目をつり上げて食ってかかれば、文治が首を横に振った。

「お、おれは、親父の墓の近くで親分とたまたま出くわしただけだ。けど、姐さんは前から親分の居場所を知っていたと思う」

「嘘おっしゃい」

「本当だって。そんで親分が別れ際に、『お加代を頼む』とおれに言ったんだよ」

お仙と二人で旅立つことがすでに決まっていなければ、辰三は「お仙とお加代を頼む」と言ったはずだ――今頃になってそんなことを教えられ、お加代は振り上げたこぶしのやり場に困る。仕方なく、一緒になったばかりの亭主を睨みつけた。

「姐さんは二年前から、毎月三日を休みにしただろう。その日に麻布の良雲寺で親分と会っていたか、そこで文のやり取りをしていたんじゃねぇかな」

「麻布の良雲寺って」

「おれの親父の墓があるんだ」

文治の父親は亡くなっているから、墓があって当たり前だ。本来なら祝言を挙げる前にお参りに行くべきだったのに、そこまで考えが及ばなかった。

お加代は自分の至らなさが恥ずかしくなる一方で、母の言葉を思い出した。

――夫婦ってのは、赤の他人のくっつき合いだから、一緒にいなくちゃ駄目なのさ。離れても血で繋がっている親子とは違うからね。

「おっかさんは娘のあたしより、おとっつぁんのほうが大切だったのね」

でなければ、父とのやり取りを自分にも教えてくれたはずだ。自分は父ばかりか母にも信用されていなかった。お加代はそれがやりきれない。

これからは父の分まで母に親孝行するつもりだった。一昨日そう言ったのに、何も言わずに消えるなんて……。

うなだれるお加代の肩に文治の大きな手が置かれる。

「だから、そのうち様子を見に来るってここに書いてあるじゃないか。姐さんはおめぇを見捨てた訳じゃねぇ」

「そんなのあてにならないわよ」

母にとっては娘よりも父のほうがはるかに大事なのだ。夫婦水入らずで暮らしていたら、所帯を持った娘のことなどどうでもよくなるに決まっている。

「だいたい文さんも文さんよ。おとっつぁんに会ったことをどうしてあたしに黙っていたのっ」

唾を飛ばして怒鳴りつければ、文治がしどろもどろになる。

「いや、それはその……おれだってまさか姐さんがいなくなるとは夢にも思っていなかったんだよ」

「あんたの思いなんてどうでもいいのよっ」

さらに怒鳴りつけてから、お加代は祝言当日の文治の姿を思い出す。やたらと表ばかり気にしていて、最後まで落ち着きがなかったのは……。

「おとっつぁんが来るんじゃないかと思っていたのね」

お加代の文句に、文治が太い眉を下げてうなずいた。

「だけど、姿は見えなかった。あの日は親分の知り合いが大勢集まっていたからな。どうしても近寄れなかったんだろう」

なにしろ町方同心と十手持ちが来ているのだ。別人のふりをしたところで、すぐに見破られてしまう。

父が江戸にいたのなら、身内だけの祝言にすればよかった。そうすれば、父だってこっそり顔を出せたのに。

石田の調子っぱずれの高砂や仁吉の節回しがおかしい新内節なんて、あたしは聞きたくなかった。おっかさんってば、何を考えていたのかしら。まさか、あたしの花嫁姿をおとっつぁんに見せたくなかったの。

腹の中で文句を並べてから、お加代はふと気が付いた。

祝言の前の晩、母は花嫁衣装をお加代に着せて開けた窓のそばに立たせた。あのとき、父はすぐそばから二階を見上げていたのでは……。

あの日が月夜で表がもっと明るければ、父の姿に気付けたものを。そう思ったら夜空の月まで恨めしい。

「おとっつぁんもおっかさんも、あたしの気持ちなんてかけらも考えちゃくれないんだから」

口では恨み言を言いつつも、お加代は次第に落ち着いてきた。

父と母は癪《しゃく》なくらい仲のいい夫婦だった。塚越と理久が両親のように心から通じ合っていれば、父の失踪から始まった一連の出来事は何ひとつ起こらなかったろう。

夫婦とは互いに相手を操り、また操られるものらしい。

文治は母が「二年前から親分の居場所を知っていた」と言うけれど、ひょっとしたら最初から知っていたのではないか。もしそうだとしたら……父に勝る嘘つきと感心するしかない。

果たして、自分と文治はどんな夫婦になるのだろう。

願わくば、両親のように心が通じ合える夫婦になれますように。お加代がじっと見つめると、文治の顔が赤くなる。

「ねぇ、文さん」

「何だよ」

「あたしに隠している事はもうないんでしょうね」

「ね、ねぇよ」

口ごもるところが怪しくて、お加代は眉間にしわを寄せる。

「あたしの目をごまかせると思ったら大間違いよ」

「だから、何もねぇって」

大きな声で言い返されて、お加代がますます疑いを持ったときだった。

「お加代ちゃん、あたしだよ。ここを開けておくれ」

表戸を叩く音と共にお駒の甲高い声がする。こんな時刻に何事かとお加代が急いで戸を開ければ、お駒は満面の笑みを浮かべていた。

「祝言の翌朝からごめんなさいよ。でも、今日からはあたしがお仙さんに代わり、この店の女将だからね。ぜひにと見込んでもらったからには、今まで以上に『たつみ』を繁盛させるつもりさ」

鼻息荒くまくしたてて、お駒は台所に向かおうとする。文治とお加代は面食らい、お駒の袖を引っ張った。

「お駒さん、急にどうしたの。それにおっかさんの代わりだなんて」

「ああ、そうか。お加代ちゃんは知らなかったんだよね。いきなりおっかさんがいなくなってびっくりしただろう」

母は数日前、お駒に「しばらく骨休めをしたいので箱根《はこね》に湯治に行く。それから伊勢参《いせまい》りをして、江戸に戻ってくる」と言ったとか。しかも「お加代たちをびっくりさせてやりたいので、祝言が終わるまで内緒にしてくれ」とも言ったそうだ。

「お仙さんだってまだ女盛りだ。あんたたちに夜な夜な大騒ぎをされたんじゃ、おちおち寝てなんていられやしない。骨休めって建前で逃げたくなるのも無理ないさ。あんたたちだって夜は二人きりのほうが何かと都合がいいだろう」

いやらしい含み笑いをしながら、お駒は文治の肩を叩く。大男の十手持ちは言葉もなく立ちすくみ、お加代は気が遠くなりかけた。

突然母が姿を消したら騒ぎになるに決まっている。そこで適当な口実をでっちあげ、お駒に伝えたのだろう。

まさかそんなふうに勘ぐられるとは、母も思っていなかったはずだ。

「お駒さん、あの、別にそういうことじゃ」

「はいはい、照れなくっても大丈夫。あたしだって若い頃はうちの宿《やど》といろいろね。今じゃくたびれたじいさんだけど、若いときはなかなかの男ぶりだったんだから」

お椀を伏せたような目つきのまま、お駒が訳知り顔で言う。それから不意に真顔になって、お加代の顔をじっと見つめた。

「お加代ちゃんも人妻になったんだから、眉を落として鉄漿《おはぐろ》をつけなくちゃね。髪も丸髷《まるまげ》に結い直さないと」

「は、はい」

「なに、おっかさんがいなくたってお駒さんがついてんだ。昼間は大船に乗ったつもりで万事任せて大丈夫だよ。文治親分はせいぜい手柄を立てておくれ」

「へ、へえ」

思いがけない成り行きにお加代と文治は顔を見合わす。

「やだよ、二人して見つめ合っちゃって」

すかさずお駒にからかわれ、お加代の顔が赤く染まった。

解説

末國善己《すえくによしみ》
（文芸評論家）

一九一七年一月号の「文芸倶楽部」に、岡本綺堂《おかもときどう》の「お文の魂」が発表された。旗本屋敷に現れる女の幽霊の謎を、岡っ引の半七《はんしち》が合理的に解明する「お文の魂」は『半七捕物帳』の記念すべき第一話であり、時代小説とミステリを融合した捕物帳の嚆矢《こうし》にもなった。

それから多くの作家が手掛けるようになった捕物帳は、人情味が強い野村胡堂《のむらこどう》『銭形平次《ぜにがたへいじ》捕物控』、謎解きを重視した泡坂妻夫《あわさかつまお》『宝引《ほうびき》の辰《たつ》捕者帳』、幕末を生きる主人公たちの生きざまを追った大河ロマンの側面も持つ平岩弓枝《ひらいわゆみえ》『御宿かわせみ』など多様化しながら発展し、誕生から百年が経過した今も人気のジャンルとして読者を楽しませている。

百花繚乱《ひゃっかりょうらん》の状態にある捕物帳の中にあって、中島要の『晦日《みそか》の月　六尺文治捕物控』は、謎解きの面白さと深い人情を融合させることで新機軸を打ち立てていた。

日本橋堀江町《にほんばしほりえちょう》の御用聞き辰三《たつぞう》は、十手《じって》ではなく千手先を読むほどの捕物名人であることから「千手の辰三」と呼ばれていた。その辰三が行方不明になった。辰三に手札を与えていた南町奉行所《みなみまちぶぎょうしょ》の定廻り《じょうまわ》り同心《どうしん》・塚越慎一郎《つかごししんいちろう》は、辰三に盗賊「名なしの幻造《げんぞう》」を探らせており、辰三は任務の途中で命を落としたとも噂されていた。辰三が帰るまで堀江町を預かることになったのが、十二歳の時に家を出てから辰三の世話になってきた身の丈六尺（約一八〇センチ）の大男・文治《ぶんじ》。だが二十代半ばの文治は、まだ経験も貫禄も足りない。そんな文治を手助けするのが、毒舌だが辰三譲りの知恵を持つ十七歳の娘・お加代《かよ》である。

文治とお加代は、三百両を盗まれたと訴えてきた油問屋の隠居が、女中を殺して自害する「役立たず」、お加代と同じ小町比べに出るはずだった幼馴染《おさなな じ》みが殺される「うき世小町」、三つの時に神隠しにあった商家の息子が二十年ぶりに戻ってくる「神隠し」などの事件に挑んでいく。各事件は、前半から周到に伏線が張りめぐらされており、謎解きが始まると、事件とは無関係に思えた一文が重要な手掛かりだったと分かるのでロジックの切れ味が鋭い。謎が解かれるにつれ、事件の関係者が隠していた、いつの時代も変わらない心の〝闇〟も浮かび上がってくるので、人間ドラマも胸に迫ってくる。

著者は現代人が共感できるテーマを描きながらも、『半七捕物帳』の一節「町奉行から小者《もの》即ち岡っ引に渡してくれる給料は一カ月に一分《ぶ》二朱《しゅ》というのが上の部」なので、「大抵《こ》の岡っ引は何か別に商売をやっていました。女房の名前で湯屋をやったり小料理をやったりしていましたよ」（「石燈籠《いしどうろう》」）を意識して、辰三の女房お仙《せん》が一膳飯屋「たつみ」を営んでいるとしたり、おそろしく無口な南町同心の近藤右門《こんどう うもん》と反対におしゃべりな岡っ引の伝六《でんろく》を〝相棒〟にした佐々木味津三《ささきみつぞう》『右門捕物帖』のように、体格も性格も対照的な文治とお加代をコンビにしたりしている。さらに、商家の大旦那が一抱えもある庭石で撲殺される「ねずみと猫」は、都筑道夫《つづきみちお》『なめくじ長屋捕物さわぎ』の中でも特に名作と名高い「小梅富士」へのオマージュになっていた。ここには捕物帳の歴史を作ってきた先人への敬意が感じられ、著者が伝統と革新を絶妙にブレンドしたことも見て取れる。

物語が進むにつれ、辰三の失踪にからんで、何者かに呼び出されたお加代が殺されかけ、同心の塚越が殺害され、表に出せない不祥事の存在も明らかになる。ただ「名なしの幻造」は捕まらず、辰三は行方不明のまま、文治とお加代の仲も進展せずに幕切れとなっただけに、モヤモヤを募らせていた読者も多かったのではないか。

『晦日の月』の続編となる本書『夫婦からくり　六尺文治捕物控』は、前作からの謎を引き継いだシリーズ完結編である。前作は、捕物帳の定番といえる連作短編だったが、本書は長編になっており、入り組んだ謎も、スリリングな展開もスケールアップしている。

前作から丸二年。塚越との間に子供がいなかった妻の理久《りく》が、年は離れているが名医の木村長明《むらちょうめい》と再婚するなど変化はあったが、相変わらず辰三の行方は分からず、文治とお加代は辰三が見つかるまではと、結婚に踏み切れないでいた。お加代は当時としては適齢期を過ぎた二十歳になり、母のお仙は煮え切らない文治にイライラすることも増えている。

物語は、文治たちの前に、南町奉行所の例繰方《れいくりかた》同心・栗山末次郎《くりやますえじろう》が現れるところから大きく動き出す。奉行所で裁判を記録したり、判例を調査したりするのが例繰方で、佐藤雅美《さとうまさみ》

〈物書同心居眠り紋蔵《もんぞう》〉シリーズの主人公・藤木《ふじき》紋蔵が就《つ》いた役職として有名になった（ちなみに、例繰方が活躍する作品には久生十蘭《ひさおじゅうらん》『顎十郎《あごじゅうろう》捕物帳』もある）。

兄が厠風邪《かわやかぜ》（流行病）で急逝し跡を継いだ栗山は、定廻りになるため市中を嗅ぎ回っており、既に商家の番頭を襲って金を奪った男を捕まえたという。凄腕の栗山が、奉行所が隠す塚越の死の真相と、それに絡む辰三の行方を調べ始めた。手鎖の刑に処された戯作者《げさくしゃ》の弟子だった栗山は、調査結果を戯作にすると嘯《うそぶ》いているが、表向きの理由とは違う暗い情念を抱えた不気味な存在とされている。しかも栗山の捜査は、理久の許可を取り付けており、なぜか自分の職場を荒らされた定廻りたちも黙認している状態だったのだ。

同じ頃、「たつみ」と取り引きがある乾物屋の主人・茂兵衛《もへえ》が急死した。跡継ぎがいない茂兵衛は女遊びが派手で、三年経っても子供ができなかった妻を三人も離縁していた。今の妻は、料理屋の仲居をしていたお菊《きく》で、商売のことは分からないらしい。

お加代を連れて通夜《つや》に行ったお仙は、お菊を「御新造さん」と呼ぶ。江戸時代の医師・小《お》川顕道《がわあきみち》が書いた随筆『塵塚談《ちりづかだん》』によると、「御新造様」は「大名の嫡子《ちゃくし》の室」の呼称だったが、天明《てんめい》・寛政《かんせい》年間（一七八一年〜一八〇一年）頃になると「同心渡り用人の類《たぐい》の妻、町人も相応にくらす者の妻」も「御新造様」と呼ばれていたとしている。作中の風俗などから本書は江戸後期が舞台と思われるので、商家の妻に「御新造さん」と声をかける何気ない一文にも、著者が細やかな時代考証を施《ほどこ》していることがうかがえるのである。

茂兵衛の通夜には、理久も来ていてお菊を支えるように隣に座っていた。茂兵衛の死亡診断をしたのが長明先生で、理久とお菊は同じように年の離れた夫を持つ身として懇意にしていたようだ。通夜の席では、お菊を店から追い出そうとする茂兵衛の叔父《おじ》と、お菊をかばう理久、お菊の後見になるという長明先生の口論まで起こってしまう。

しばらくしてお加代は、長明先生に辰三を見たと告げられる。その直後、元服前の跡継ぎを残し流行病で死んだ主人に代わり江戸でも屈指の茶問屋を差配しているお佳津《かつ》が、刃物を突きつけてきた辰三に二十両を奪われたと訴え出た。しかも文治が仕える同心の石田三左衛門《いしださんざえもん》は、お佳津の事件を本所が縄張りの仁吉《にきち》親分に調べさせようとする。辰三を信じ行方を捜す文治は、道端で殺されている男を見つけ素性を確かめようとするが、背後で「ひ、人殺しい」と叫ばれ、殺人犯として大番屋の仮牢に入れられてしまうのである。

文治が人を殺したと証言したのは、不行跡が原因で辰三に追い出された元子分の卯吉《うきち》なのだが、なぜか奉行所は御用を務める文治ではなく、卯吉の言葉を信じる。そのほかにも、石田三左衛門が、仮牢に入れられた文治を救い出そうとしないのはなぜか？　被害者は背中を包丁で刺されていたが、それは犯人が町人だからなのか、そう見せかけた武家の犯行か？　など、新たな殺人は、辰三の行方と関係しているのか？　中盤以降は謎が謎を呼ぶ展開になるので、まさに〝巻《かん》を措《お》く能《あた》わず〟の興奮が満喫できる。

タイトルに「夫婦《めおと》」とあることからも分かる通り、作中には様々な夫婦が描かれている。

真面目な人柄を見込まれ通し飛脚になったが、亭主が留守がちな妻が情夫と駆け落ちしたことで酒浸りになり、仕事も辞め子供にも暴力を振るうようになった文治の父。還暦が近い長明先生に熱烈に求められ、いわゆる〝年の差婚〟をした理久。玉の輿に乗ったものの、夫からは子供を産めとプレッシャーをかけられ、夫が死ぬと親戚から女は子を産ませる道具との残酷な言葉を投げ掛けられたお菊。結婚を戸惑うお加代には「夫婦ってのは、赤の他人のくっつき合いだから、一緒にいなくちゃ駄目なのさ」といいつつ、自分は不在の辰三を信じて待つお仙。互いに憎からず想っているのに、あと一歩を踏み出せず祝言を挙げない文治とお加代も、結婚問題の一つと見ることができる。

結婚は当事者が幸福なら、年が離れている、籍をいれず同居のまま、子供を作らない、夫婦とも相手の浮気を認めるなど、どんな形があってもいいはずである。ただ江戸時代より恋愛や結婚の自由が認められている現代においても、最大公約数の人たちがイメージする結婚の理想像があり、そこから少しでも外れるといわれなき非難を受けることがある。特に少子高齢化が深刻な現代では、結婚していない若者（中でも女性）、子供を作らない選択をした夫婦（中でも妻）への風当たりが強くなっている。また資産家の男性が年下の女性と結婚すると、〝遺産目当て〟とのバッシングを受けることも珍しくない。

長く日本では、外で働く夫、専業主婦の妻、子供が二人という世帯をモデルにして、社会保障制度などを構築してきた。ただ晩婚化、未婚化による一人世帯も、結婚後も働く女性も、不況で生活が苦しく子供が欲しくても作れない夫婦も増加していて、モデル世帯になっている専業主婦がいる四人家族の方が少数派になったともいわれている。現代人は妻が家を守るのが日本の伝統と考えがちだが、専業主婦が定着したのは高度成長期に配偶者控除などの政策が整えられて以降なので、決して古い歴史があるわけではない。

著者が、あえて現代では批判されがちな多彩な夫婦を描いたのは、専業主婦が一般化する以前の江戸時代にまで遡《さかのぼ》り、同じように夫婦のあり方が多様化している現代を生きる読者に、男女の関係はどのようにあるべきかを問う意図があったように思えてならない。

本書は、無関係に思えた事件に意外な繋がりが判明するミッシングリンクに加え、〈ブラウン神父〉シリーズで有名なチェスタトンが考案した、〝見えない人〟と並ぶ有名なトリックを応用するなど、ミステリーファンも満足できる仕上がりになっている。何より秀逸なのは、テーマを際立たせるために登場させた様々な夫婦を、タイトルにある「からくり」そのままに重要な〝鍵〟にして、トリックとテーマを密接に結び付けたことである。ただその〝鍵〟は、事件解決のヒントになる場合もあれば、読者の意識を真相からズラす役割を与えられているケースもあるので、一筋縄ではいかない。それだけに、何気ない設定や描写の中に隠された伏線の意味合いが、次々と反転していく終盤は圧巻だ。

本書は、事件を通して多くの夫婦を見た文治とお加代が、どのような結論を下すかも読みどころになっている。二人の恋の行方は、実際に読んで確認して欲しい。

二〇一四年十月　光文社刊

光文社文庫

夫婦《めおと》からくり　六尺《ろくしやく》文《ぶん》治《じ》捕《とり》物《もの》控《ひかえ》

著者　中《なか》島《じま》　要《かなめ》

2018年3月20日　初版1刷発行

発行者　鈴木広和
印刷　慶昌堂印刷
製本　榎本製本

発行所　株式会社　光文社
〒112-8011　東京都文京区音羽1-16-6
電話（03）5395-8149　編集部
8116　書籍販売部
8125　業務部

落丁本・乱丁本は業務部にご連絡くだされば、お取替えいたします。

ISBN978-4-334-77623-7　Printed in Japan

組版　萩原印刷